Pankraz
Pilei
Luschnil
Burschelmann

Ottokar Domma · Der brave Schüler Ottokar

Das war ich nich

OTTOKAR DOMMA

Der brave Schüler Ottokar

leiv

1. Auflage 2016
Text: Ottokar Domma – Erben, 2016
Illustrationen: Karl Schrader – Erben, 2016
Typografie: Jochen Busch
Druck und Bindung: Neografia Martin
Printed in Slovakia

ISBN: 978-3-89603-494-6

www.leiv-verlag.de

Über die Schönheit unserer Namen

In der Frühzeit meines Lebens habe ich mich öfter wegen meines Vornamens geärgert. Meistens waren es Mädchen, welche mir aus weiter Entfernung zuriefen: „Ottokar hat Läuse im Haar!“ Mein Freund Harald sagte, man muss sich wegen den blöden Gänsen nicht in Wut bringen lassen, und wenn wir sie erwischen, werden sie gerupft. Auch fragte ich meine Mutter, wieso ich ausgerechnet Ottokar heiße. Sie sprach, weil alle meine Urahnen und Väter Ottokar geheißen haben, wenn sie der erste Sohn waren. Man nennt dies auch Tradition oder Treue zur alten Sippschaft. Und es ist besser, einen ganz alten Namen zu besitzen als gar keinen.

Mein Vater hat sich darüber nicht aufgeregt und nur gesagt, der Vorname muss auch gut zum Nachnamen passen, und Ottokar passt eben nicht zu jedem. Deshalb suchen die meisten Leute für ihre Kinder einen schöneren Namen. Mit dieser Rede war ich zufrieden, und es kann nicht jeder ein neumodischer Vater sein.

Jetzt kann ich mir auch denken, warum man heute für neugeborene Kinder einen besonders schönen Namen aussucht, und in vielen Familien gibt es deswegen Zank und Stank. Es werden so allerlei Namen ausgedacht und die werdende Mutter fragt den werdenden Vater, wie der Knabe oder das Mädchen heißen soll. Der Vater kann jetzt tausend Vorschläge machen, aber sie zählen nichts, sondern meistens nur der Vorschlag der Mutter. Denn sie hat das Vorrecht und die Schmerzen. Wenn zum Beispiel der Vater mit dem Vornamen nicht gleich einverstanden ist, dann hilft ihm die Mutter über diesen Ärger hinweg, indem sie das neugeborene Kind in der ersten Zeit ganz anders nennen, zum Beispiel Süßer oder Schnuckiputz oder Hascherle oder Ärschlein und anders. Diese Vornamen sterben mit der Zeit aus, weil es komisch wäre, wenn zum Beispiel unsere Lehrer den Schweine-Sigi Pullerchen rufen würden.

Wenn die Familien einen Vornamen aussuchen, dann müssen sie auch daran denken, dass es ein moderner ist. Bei uns in der Straße wohnt zum Beispiel eine Familie Wurzel. Sie hat fünf Kinder. Die ersten vier Geburten heißen Karin, Monika, Wolfgang und Manfred, welche heute schon nicht mehr die allermodernsten sind. Auch gibt es diese Namen schon zu oft. Deshalb bekam das letzte Mädchen einen besonders schönen Namen, nämlich Marie-Antonette Wurzel. Und alle müssen den Namen einüben, indem sie jeden Tag in den Kinderwagen hineinschreien: „Na, was macht denn unsere Marie-Antonette?“ Meistens macht sie sich nass.

Für Knaben ist es schon schwerer, solch einen klingenden Namen zu finden, worunter es sehr seltene gibt. Zum Beispiel bekam der Sohn einer Mutter, welche manchmal in unserer Heimatzeitung dichtet, den seltenen Namen Rainer-Maria Senf. Warum er einen Mädchennamen angehängt kriegte, weiß ich nicht. Vielleicht ist bei der Geburt etwas verpatzt worden. Es wird sich später in der Schule herausstellen, auf welche Toilette er geht, und man muss das prüfen.

Die neuen Vornamen entstehen meistens so: Wenn zum Beispiel ein Film gezeigt wird mit einer sehr schönen Geliebten oder einem tapferen Helden, dann heißen plötzlich einige Monate später viele Neugeborene Juanitta Meier oder Robin Schulze oder Scheraa Paschke oder Fernandel Müller oder Hiob Lehmann.

Auch ist mir aufgefallen, dass es sehr modern ist, wenn man den neugeborenen Säuglingen einen Namen aus einem anderen Lande gibt, damit die Leute denken, der Säugling hat in einem fernen Land das Licht der Poliklinik erblickt oder er hat einen seltenen nicht einheimischen Vater. Deshalb muss man sich nicht wundern, wenn plötzlich eine Natascha Grün oder eine Bess Knautschke oder ein Guiseppe Lemke des Wegs kommt. Dagegen hört man seltener, dass jemand bei den anderen Völkern Fritz Gagarin oder Frieda Robespierre oder Hans-Dieter Beatle heißt. Ich denke mir, dass wir auch ganz schöne Vornamen haben, und man muss nicht gleich welche in Brasilien oder auf dem Nordpol suchen. Wenn ein Berliner Sohn jetzt Jean Meixner heißt, so bleibt er trotzdem ein Berliner und kein Pariser oder Verduner.

Guiseppe Hinze
Carmen Wurzel
Juanitta Meier

Da ist es schon besser, wenn man sich lieber ein paar neue Namen ausdenkt, welche auch zu unserer Zeit passen, sagen wir zum wissenschaftlich-technischen Fortschritt. Auch wäre es gerecht, wenn man bei der Namensgebung mehr auf den Beruf des Vaters oder der Mutter achtet. So könnte zum Beispiel die Tochter eines Forschers im Atomkraftwerk Isotopia heißen oder das Neugeborene eines Petroleumfacharbeiters Pipeline. Der Herr Kraftfahrer Weichbrodt müsste seinen künftigen Sohn Motorus nennen oder, wenn er Pech hat und eine Tochter bekommt, diese mit dem Vornamen Limusina betiteln. Auch stand schon in der Zeitung, dass man Traktoristen-Töchter Traktorina benamsen muss. Auch Raketa klingt sehr schön, wogegen mein Freund Harald seine Tochter später Goldina heißen lässt, weil er für sein Leben gern Margarine isst.

Wenn aber jemandem gar kein neuer Name mehr einfällt, dann könnte man einfach alle bekannten Vornamen von hinten nach vorne schreiben und schon hat man wieder ein paar seltene Stücke. Zum Beispiel wird dann aus der Karin ein Nirak, aus der Emma eine Amme, aus dem Max ein Xam, aus der Eva eine Ave oder aus dem Hajo ein Ojah. Und es sind deutsche Namen.

Die besten Erfinder von Namen sind Dichter und Humorschreiber. Während die lustigen Schreiber meistens ulkige Namen erfinden wie zum Beispiel Amanda Käsebier, denken sich die vornehmen Dichter meistens vornehme Namen aus. Auch richten sich bei den vornehmen Dichtern die Namen nach dem Beruf. Ein Professor heißt zum Beispiel Alexander Wieck, wogegen sein Kraftfahrer nur Kowalski heißt. So kommt es, dass unsere Frau Apotheker Eva-Maria Bergander ihre Tochter Felizitas nannte, wogegen der Kunstmaler Johann Wattenbrück seinen Sohn Ramon benamste. Auch klingen diese Namen vornehmer bei Hochzeits- und Todesanzeigen.

Neben diesen Namen gibt es noch Spitznamen, aber diese bekommen nur solche Knaben, Mädchen und Erwachsene, welche man ein hervorstechendes Individuum nennt. Dazu gehöre ich nicht, deshalb ruft man mich nur Ottokar.

Unsere Schule

Zuerst muss ich unsere Schule beschreiben, weil ich mich hier die meiste Zeit herumtreibe. Es ist ein ziemlich alter Kasten und deshalb haben wir uns, als die Schule anfing, vorgenommen, die Klassen, Flure, Bänke, Schränke nebst Toiletten aufzuräumen und zu schmücken. Denn es soll ein Jahr der Schönheit werden, sagte unser Pionierleiter Alfons. Und das kam so:

Bevor die Schule anfing, waren eine Menge Leute hier, mit dem Herrn Bürgermeister Gille vorneweg. Sie schauten sich alles an und krochen überall hinein, auch in die hintersten Winkel. Und man nennt das eine Schulbegehung. Als sie dann wieder verstaubt zum Vorschein gekommen sind, befahl der Herr Bürgermeister, was alles bis zum Schulanfang noch gemacht werden muss, und die Handwerker sollen zittern, wenn sie wieder so bummeln. Dieses wiederholt sich alle Jahre.

Zu unserem Herrn Pionierleiter aber sprach er, es wird Zeit, dass er seine Pioniere ein bisschen aufschwingt. Sie sollen alles wie ein rohes Ei behandeln und ihren Schmutz nicht überall hinterlassen. Auch ist es notwendig, schmückende Bilder, Losungen, Girlanden und andere Schönheitsmittel in der Schule anzubringen, damit jeder gleich sieht, es ist ein Haus, wo das Lernen Freude machen muss. Der Herr Pionierleiter gelobte, unsere Schule in einen Freudenpalast zu verwandeln, und am 1. September fängt er gleich an. So kam es auch.

Gleich am ersten Schultag haben wir eine Versammlung gemacht. Mein Freund Harald hat sie eröffnet und er gab das Wort an den Herrn Pionierleiter Alfons. Dieser las ein paar frohe Sätze vor und ließ uns dann gleich in die Diskussion hineintreten. Ich ergriff das Wort und sprach: „Verehrte Pioniere! Der Alfons hat recht, wenn er sagt, man muss nicht überall seinen Dreck in den Klassen verteilen, sondern die Botten am Rost abkratzen. Auch kann jeder seine Scheißpapierchen in den Papierkorb schmeißen und nicht unter die Bank."

Aber der Herr Pionierleiter hat mir gleich wieder das Wort weggenommen und erwidert, dass er nur von Papierchen gesprochen hat und nicht von dem Unanständigen. So was nimmt er nicht in den Mund und die anderen sollen sich ein bisschen gewählter ausdrücken und den Ottokar nicht zum Beispiel machen. Er warf jetzt das Wort dem Schweine-Sigi zu. Dieser sprach, dass die Pioniere sauber und ordentlich sein müssen. Zum Beispiel sollen sie beim Essen mit dem Besteck richtig zielen und genau in die Öffnung der Speisekammer treffen und nicht alles auf den Tisch kleckern. Dann tritt Sauberkeit ein. Der Pionierleiter sagte, es war schon besser, und wir klatschten alle Beifall.

Nach dem Schweine-Sigi meldete sich die kräftige Wally zum Wort. Sie rief, man muss die Knaben so züchten, dass sie nicht andauernd die Bänke beschmieren und bekritzeln. Auch ist das, was sie kritzeln, nicht immer kulturvoll. Das Beste ist, man lässt die Schmierfinken alles bezahlen, dann gibt es zu Hause Ärger und dann müssen die Väter zur Schule kommen und jetzt muss das Elternaktiv zusammentreten und es kann gleich an den Herrn Direktor oder an die Zeitung schreiben, wie aktiv das Elternaktiv jetzt geworden ist.

Die Wally musste aufhören, weil sich der lange Schücht das Wort grapschte. Der lange Schücht sprach wie sein Vater, nämlich so: „Man muss die Pionierversammlung so einschätzen, dass man fragen muss, was ist in Ordnung? Ist es vielleicht in Ordnung, wenn einer die Schulordnung verletzt oder die Disziplin? Nein, das ist nicht in Ordnung und so kann es nicht weitergehen. Ich denke, man muss das ändern.“ Aber mein Freund Harald rief dazwischen, wie lange man sich den Quatsch anhören soll, und man sieht gleich an der schmierigen Tafel, was der lange Schücht für einer ist; denn er hatte Klassendienst. Auch ich schmiss einen Zwischenruf hinein und sagte, man muss einschätzen, dass der lange Schücht ein schöner Redner ist, und man muss ihn fotografieren. Aber sonst ist er eine Schlampe mit viel Knochen und wenig Grips. Amen! In der Klasse rissen sich jetzt alle um das Wort und der Herr Pionierleiter sagte zu mir, ich muss mich zusammenreißen und keine Religionsworte verspotten.

Einer nach dem anderen nahm das Wort, als Nächste die Eveline Wunsch mit ihrem zarten Wuchs und sie flüsterte, dass man vielleicht an die Fenster Gardinen hängen kann, und sie wird es ihrer Mutter sagen. Denn sie ist eine Schneiderin. Die Mädchen klatschten gleich aus Freundschaft in die Hände und wir riefen dem Michael Schmidt zu, er soll sein faules Maul aufmachen und die Ehre der Knaben retten. Michael sagte jetzt, er braucht nur seinem Vater einen Wink zu geben und gleich kommt er nach Feierabend mit seinem Pinsel angerannt und ruckzuck ist die Klasse neu gemalt. Wir klatschten jetzt noch lauter und Alfons schrieb alles auf.

Mein Freund Harald ergänzte dazu, dass man vielleicht auch eine Geschmacksbrigade bilden muss. Dort hinein kommen die besten Zeichner und Maler und als Geschmacksvorsitzende könnte man unsere Zeichenlehrerin Frau Claudia Schmidt-Larsen adoptieren. Sie müssen gegen die schäbigen Wandzeitungen kämpfen oder gegen geschmierte Schülerkunstwerke, auch gegen das Altertum und für die Schönheit unserer Schule. Wie wäre es, wenn man einen Schönheitswettbewerb ausruft? Und wer von den Knaben und Mädchen am meisten getan hat, wird fotografiert und an die Schulwandzeitung geklebt. Alle waren einverstanden.

Aber jetzt kommt das Schwerste. Wir müssen uns einen Ruck geben und einen Fotografen suchen, der es umsonst macht.

Unsere Lehrerfamilie

Zu den wichtigsten Personen unserer Schule gehören neben dem Hausmeister Urian und der Schulsekretärin Stichlein auch die Lehrer.

Das Oberhaupt unserer Lehrer ist unser Herr Direktor Keiler. Er hat dreizehn Frauen und sechs Männer und man nennt sie zusammen das Lehrerkollektiv. Ein Lehrerkollektiv erkennt man auch daran, dass sie alle unter einer Decke stecken, zum Bespiel wenn sie sich gegen uns Schüler wehren müssen oder wenn ein Vater gegen einen Lehrer eine Beleidigung ausspricht. Auch ist die Lehrerfamilie einig im Erfinden von strengen Regeln oder beim Überzeugen von missratenen Schülern. Manchmal sprechen alle Lehrer genau dasselbe und man merkt gleich, dass sie sich verabredet haben. Schlimm ist es für uns Kinder, wenn die Lehrerfamilie auch noch unsere Eltern auf ihre Seite zieht, und man spricht dann auch von einem neuen Kräfteverhältnis, welches man nicht unterschätzen darf.

Früher waren sich die Lehrer nicht so einig und sie zerfielen in drei Lehrergruppen, nämlich in Volksschullehrer, in Mittelschullehrer und in Oberschullehrer. Das weiß ich von meinem Freund Harald und der hörte es von seinem Vater, welcher ein Schulrat ist. Und man durfte früher diese drei Lehrergruppen nicht in einen Topf schmeißen, weil es die Gattinnen der Lehrer nicht zuließen. Auch musste die Frau eines Volksschullehrers die Gattin von einem Oberschullehrer zuerst grüßen. Man nannte dies eine Rangordnung.

Heute gibt es diese Rangordnung nicht mehr, sondern nur noch Unterstufenlehrer, Mittelstufenlehrer und Oberstufenlehrer. Aber das hat nichts zu sagen, denn vor dem Herrn Direktor sind alle gleich. Auch kann es passieren, dass sogar ein Oberstufenlehrer einen Unterstufenlehrer zuerst grüßt; keiner denkt sich was dabei, weil alle gleichberechtigt sind.

Trotzdem muss es ein paar Unterschiede geben, weil sonst der Herr Direktor nicht weiß, auf welche Klassen er die Lehrer verteilt. Nehmen wir einmal die Unterstufenlehrer. Sie sind meistens ein weibliches Geschlecht und darum keine Lehrer, sondern Lehrerinnen. Diese eignen sich besonders gut für die kleineren Kinder und man muss das erklären. Wenn zum Beispiel unsere Frau Seidenschnur sieht, wie ein kleiner Schüler in der ersten Klasse mit einem Auto spielt, dann wird Frau Seidenschnur noch lange nicht kribbelig, sondern schreitet auf den Schüler zu und spricht ganz lieb: „Ei, was hast du da für ein schönes Auto, da möchte ich auch mal gerne mitfahren. Aber jetzt nicht, sondern erst nach der Schule, und jetzt passen wir erst einmal schön auf, gelle?" Und der kleine Knabe passt jetzt schön auf und freut sich schon auf das Klingeln. Wenn dagegen unser Herr Mittelstufenlehrer Burschelmann das sehen möchte, dann ließ er bloß einen kurzen Brüller los und schon zuckte der spielende Knabe zusammen. Wenn es ein zartes Kind ist, dann zuckte es vielleicht sein ganzes Leben lang. Daran kann man erkennen, dass sich mütterliche Frauen wie Frau Seidenschnur besser für die kleinen Kinder eignen, wogegen ein bulleriger Lehrer wie Herr Burschelmann besser zu uns Mittelstufenknaben passt.

Aber das ist nicht der einzige Unterschied. Als ich noch in die dritte Klasse ging, da hieß es eines Tages, unser Fräulein Uta Kraut hat ein Leiden und kann heute nicht kommen. Das war schade, denn sie versprach uns eine Geschichte von dem Mädchen auf dem Arm des sowjetischen Soldaten. Dieser steht auf einem Denkmal in Berlin und wir wollen es besuchen. Aber statt Fräulein Uta Kraut kam unser Herr Direktor Keiler in die Klasse. Er ist Oberstufenlehrer. Und er hielt eine lange Rede. Auch mussten wir einmal im Chor schwere Worte schreien, zum Beispiel das Wort Rationalisierung. Daran kann man erkennen, dass ein Unterstufenlehrer lieber erzählt, wogegen ein Oberstufenlehrer viel schwieriger ist.

Jetzt in der 5. Klasse haben wir meistens Mittelstufenlehrer. Einer ist unser Herr Biologielehrer Brettl. Er zeigt oft ein Gewächs vor und lässt es beschreiben oder er geht mit uns in die Natur und fragt, ob wir was erkennen und wieso. Der Unterschied ist der, dass

ein Mittelstufenlehrer in seinem Fach mächtig Bescheid weiß und in den anderen Fächern nicht so gut. Einmal musste ich mit Variablen rechnen und es klappte nicht. Da fragte ich Herrn Brettl, ob er vielleicht helfen kann. Aber er sprach, er hat jetzt keine Zeit und ich soll zu meinem Mathematiklehrer gehen. Da kam unsere Frau Seidenschnur des Wegs und fragte, warum ich so traurig bin. Ich sagte, wegen der Variablen. Darauf antwortete sie, das ist doch ganz leicht und sie zeigte mir gleich, wie man mit Variablen fertig wird. Daran kann man erkennen, dass die Unterstufenlehrerinnen alles wissen müssen. Deshalb dürfen sie auch mehr Stunden geben als ein Oberstufenlehrer.

Und es gibt noch einen Unterschied. Wenn wir zum Beispiel im Hort sind und es beginnt die Hausaufgabenstunde, dann dürfen nur ausgewählte Lehrer uns überwachen. Es sind meistens Unterstufenlehrer. Denn dies ist ein Vorzug und eine Auszeichnung für sie. Oberstufenlehrer dürfen das nicht oder nur ganz selten. Daran kann man erkennen, dass es ungerecht ist, wenn man den Oberstufenlehrern diese Freude nicht lässt. Vielleicht gibt es noch mehr Unterschiede, aber das geht uns Schüler nichts an. Denn wir sollen nicht die Lehrerunterschiede lernen, sondern den Unterschied zwischen der Gerste, dem Weizen und dem Roggen oder den Unterschied zwischen zwei Dreiecken oder den Unterschied zwischen dem dritten und dem vierten Fall. Wer das nicht kann, bleibt sitzen.

Die Gefahren unserer Dorflehrer

Auch im Dorf sind unsere Lehrer wichtige Personen und sie haben es doppelt so schwer wie in der Stadt; denn sie leben gefährlicher, und das kommt so:

Einen Lehrer auf dem Dorfe kennt ein jeder und der Lehrer kennt meist auch alle Leute und ihre individuellen Schweine, Kühe, Hühner und Hofhunde, welche nicht einmal mehr bellen, sobald ein Lehrer auftaucht. Auch ist das Dorf wie eine große Familie, wo man zusammen feiert, trauert, zankt oder aufeinander neidisch ist; und unsere Lehrer machen da immer mit.

Wenn zum Beispiel unser Herr Direktor Keiler durch das Dorf spaziert, da kann es passieren, dass der LPG-Vorsitzende Herr Drescher „Tach, Emil!" ruft und unser Herr Direktor Keiler ruft zurück: „Ach, du bist es, Anton, Tachchen, Tachchen!" Und es hört sich an, wie wenn sich zwei gute Freunde begrüßen.

Oder nehmen wir unseren Herrn Lehrer Ferdinand Weise, welcher schon unsere Eltern hat nachsitzen lassen müssen und darum ganz weiße Haare bekam. Geht der Herr Weise durchs Dorf und aus dem Fenster hängt zum Beispiel Frau Biernagel heraus, dann sagt er: „Du hast wohl nichts zu tun, Frieda? Guck dir mal das Diktat von deiner Gerlinde an und die Klaue hat sie auch von dir!"

Frau Frieda Biernagel stöhnt dann meist ein bisschen und sagt, sie weiß nicht, was mit dem Kind los ist, und sie wird sich die Gerlinde vorknöpfen.

Auch gibt es Eltern, die immer hinter den Lehrern zischeln und ihnen allerhand andichten. Zum Beispiel Frau Melanie Enter. Als einmal die Lehrerin Fräulein Uta Kraut mit dem Traktoristen und Kraftfahrer Herrn Heinrich Hartbrodt tanzte, der ein Kind bei Fräulein Kraut hat, da sagte die alte Enter, unser Fräulein Kraut will die Frau vom Heinrich ausspannen, und man muss es der Hartbrodt zustecken.

Oder nehmen wir den Herrn Rucksackbullen Max Speckmann, der auch ein guter Hausschlächter und Grobian ist. Als wir wieder einmal Zeugnisse bekamen, ist er gleich mit dem Zeugnis von seinem Gottlieb, genannt Pinne, zum Herrn Direktor Keiler gerannt und wir konnten das Gebrüll auf dem Sportplatz hören.

Herr Speckmann ließ wieder seine Muskeln spielen und er sagte, so ein Zeugnis hätte er als Schüler nie gehabt, und er weiß, was sein Sohn für ein fleißiges Kind ist.

Wie der Herr Hausschlächter noch weiterbrüllte und immerzu prahlte, was für ein guter Schüler er war, da hat unser Herr Direktor Keiler ganz ruhig gesagt, er will gleich einmal in den alten Büchern nachsehen, ob das stimmt. Es dauerte nicht lange, dann hat der Speckmannlöwe aufgehört zu brüllen und heraus kam aus der Tür ein ganz friedlicher Vater.

Daran kann man sehen, welchen Gefahren die Lehrer auf dem Dorfe ausgesetzt sind, und sie bekommen eine Gefahrenzulage, sagt mein Freund Harald.

Aber das sind noch längst nicht alle Erlebnisse. Wenn sich zum Beispiel ein Lehrer auf dem Dorf lieber einmal mit seiner Frau oder mit der Wissenschaft oder mit einer anderen schwierigen Sache beschäftigen will und darum eine Versammlung versäumt, dann heißt es gleich im Saal, wo ist denn der Herr Lehrer Burschelmann? Und die Leute müssen dann sagen, was sie vom Herrn Burschelmann denken.

Oder nehmen wir unser Fräulein Schmal, die eine gute Turnerin ist. Als sie einmal auf dem Schulfest mit uns was vorgeturnt hat, ist gleich der Herr Gemeinderat Kiebitz zu ihr gelaufen und sie muss jetzt mit allen Leuten im Dorf turnen; mit den Leichten spielt sie Volleyball, mit den Schweren schmeißt sie Keulen um sich. Auch habe ich gehört, wie meine Mutter zu meinem Vater sagte: „Ich muss mich wundern, wie du dich auf einmal nach dem Sport reißt.“

Fast so erging es auch unserem Herrn Rolf Minze. Herr Minze hat eine schöne Stimme nebst einer kleinen Dachkammer, wo er sie öfter ausprobiert. Und er singt am liebsten Mäcki Messer oder aus

seinem Lebenslauf, wie er noch als ein Büblein an der Mutterbrust lag. Bald danach ist Herr Minze unser Kultur- und Chorleiter geworden. Auch kennt er jetzt schon ein bisschen die Noten.

Mein Vater sagt immer, wenn wir die Lehrer nicht hätten, dann wär in unserem Dorf nichts los; und wir wüssten gar nicht, wie wir ohne sie die Ernte schaffen sollen oder wer eine Hochzeits- und Grabesrede hält oder aufschreibt, was früher los war und heute passiert. Auch das fromme Fräulein Beul segnet jetzt unseren Herrn Biologielehrer Siegfried Brettl. Fräulein Beul hatte einen Wellensittich, welcher abkratzen wollte; und auch das Beten hat nichts mehr genutzt. Da ist unser Herr Biologielehrer dahergekommen und hat den Vogel aus den Klauen des Teufels gerettet. Und jetzt betet Fräulein Beul auch für unseren Herrn Siegfried Brettl.

Aber manche Lehrer haben es doppelt schwer. Zum Beispiel unser Fräulein Bella Kohl, weil sie sich immer so aufputzt wie ein Pfau. Und unser Herr Buchhalter von der LPG nennt sie „verehrtes Fräulein", wogegen die Mädchen im Dorfe etwas sagen, was ich lieber nicht aufschreibe. Auch kennt Fräulein Bella Kohl unsere LPG noch nicht, denn sie hat Angst, dass ihre lackierten Fingernägel dreckig werden und vor den Witzen.

Als einmal ihr Freund aus der Stadt kam, ist sie den ganzen Tag auf und ab spaziert, damit alle Leute sehen, wie sie sich lieben. Seit dieser Zeit hat es unser Fräulein Bella Kohl dreimal so schwer und sie will wieder in die Stadt.

Oder nehmen wir unseren Herrn Luschmil. Wenn Herr Luschmil mit seiner Frau ins Wirtshaus geht, dann setzt er sich immer nur zum Herrn Tierarzt Krehan und sie sagen zu ihren Frauen „meine Gattin" oder „Ihre Gattin". Auch tuscheln die Gattinnen öfter und Herr Luschmil schaut sich dann vorsichtig um.

Wenn aber der Herr Tierarzt Krehan vielleicht fünf oder sechs Schnäpschen getrunken hat, dann lässt er Herrn Luschmil und die Gattinnen sitzen und spielt mit den Bauern Skat, dass es nur so kracht.

Die meisten von unseren Lehrern wollen nicht mehr in die Stadt, weil es ihnen jetzt gut geht und weil sie noch nicht fertig sind mit der Aufklärung. Zum Beispiel müssen sie einige vom Vorstand der LPG noch überzeugen, wie gut es ist, wenn ihre Töchter später die Kälber striegeln und nicht die Locken der Stadtfrauen.

Und wenn unsere Lehrer jetzt auch noch schönere Wohnungen bekommen, dann pfeifen sie auf den Trabanten und der Minister muss vielleicht einen Befehl erlassen, dass sich die Stadtlehrer nicht so aufs Dorf drängeln.

Unser Herr Direktor Keiler

Unser Herr Direktor Keiler ist der wichtigste und am schwersten belastete Lehrer. Auch wird er am meisten gegrüßt. Oft kommt unser Herr Direktor in die Klassen, wo er sich hinsetzt und zuhört, was wir und die Lehrer gelernt haben. An diesem Tage sind unsere Lehrer immer sehr freundlich zu den Kindern und sagen bitte und danke und machen auch gern ein Witzchen. Und schauen dann zum Herrn Direktor Keiler, ob er lacht. Wenn er nicht lacht und etwas in sein Büchlein kritzelt, dann wird der Lehrer manchmal blass oder er bekommt eine zittrige Stimme. Danach sagt der Herr Direktor, wie er von uns Schülern enttäuscht ist. Und wir möchten an die Zukunft denken.

Das haben wir uns zu Herzen genommen, als unser Herr Direktor wieder einmal hereingeschritten kam. Fräulein Uta Kraut hatte uns vom Mond, Mars, Jupiter und von der Venus mit den abgehackten Armen erzählt und wir sollten jetzt eine Geschichte drum rum machen. Mein Freund Harald hat dann gesponnen, wie er vorne in der Raumschiffkanzel sitzt und immer auf den Bildschirm guckt. Plötzlich schrie Harald: „Alarm! Triebwerke auf volle Kraft, Koordinate wechseln, es kommt ein Hämorrhoidenschwarm!“ Das war spannend. Doch an dieser Stelle musste Fräulein Kraut mächtig lachen und der Herr Direktor hat sich auf die Schenkel geklopft.

Wenn unser Herr Direktor nicht in die Klasse kommt, dann telefoniert er oder er gibt der Schulsekretärin Frau Stichlein ein Diktat auf. Dazu muss ein Direktor auf und ab schreiten und immer mal fragen, was er gesagt hat. Frau Stichlein wiederholt es und in der großen Pause wissen es alle Lehrer. Deshalb ist die Schulsekretärin die wichtigste Person gleich nach dem Direktor.

Einmal musste ich beim Herrn Direktor eine Stunde nachsitzen. In dieser Stunde hat zwölfmal das Telefon geklingelt. Zuerst war die Feuerwehr dran und unser Herr Direktor noch ganz freundlich. Er

sagte, dass er den Lehrern befehlen wird, von den Kindern Zeichnungen machen zu lassen. Und er wird die Feuersbrünste einschicken. Als Zweiter meldete sich der Schrotthändler und redete immerzu auf unseren Herrn Direktor ein. Dieser war noch freundlich und sagte, dass er nichts Besseres zu tun hat. Und er wird alles sortieren, die Eimer zu den Eimern, die Nachttöpfe zu den Nachttöpfen, alle Lokomotiven aufeinander und silberne und goldene Manschettenknöpfe extra. Dann hat es geknackt.

Wie sich der Herr Direktor gerade eine Zigarre ansteckt, klingelt es wieder. Unser Herr Direktor meinte zu dem Telefonisten, dass es viele Leute gibt, die Zeit haben, und es muss nicht alles die Schule machen. Aber dann sagte er dreimal Jawoll und hinterher ein Schimpfwort. Beim vierten Klingeln war meine Mutter in großer Angst wegen mir, weil ich noch nicht zu Hause war. Der Herr Direktor sagte, ich bin ein Schlawiner und mehrere Schimpfwörter. Aber nur zu mir. Der Herr Direktor hat dann noch viele Versprechungen ins Telefon gegeben. Zum Beispiel, dass der Chor singt, dass er eine Meldung einreichen wird, dass morgen Freitag ist, dass man Sauerampfer mit Pee-eff schreibt und das andere hab ich vergessen. Unser Herr Direktor hat keine Schimpfwörter mehr gesagt, sondern Schimpfsätze.

Über dem Direktor steht der Hausmeister Herr Urian, weil er immer sagt: „Ich und der Herr Direktor." Er hat eine Frau, die er reine machen lässt und einen Garten, wo wir gern Äpfel stehlen möchten, aber nicht dürfen, weil wir Pioniere sind.

Unser Herr Direktor hat auch eine Briefmarkensammlung und eine Frau, welche er sein Steckenpferd nennt. Die Frau vom Herrn Direktor ist in einer Fabrik und auch schwer belastet wie alle Frauen. Manchmal erzählt die Frau vom Herrn Direktor im Konsum über ihre Leiden und sie muss daran denken, dass er früher öfter zu Hause war. Unser Herr Direktor tut dann Buße und spendiert seiner Frau eine Flasche Wein. Das passiert viermal im Jahr, zu Silvester, zum ersten Mai, zum Tag des Lehrers und zum Tag der Republik. Einmal im Jahr pflegt sich der Herr Direktor und geht baden.

Dann haben wir Ferien.

Unser Herr Pionierleiter Alfons

Eine wichtige Person ist auch unser Herr Pionierleiter. Er heißt Alfons Spille oder einfach „Pilei der VII.“. Dieses ist sein Spitzname und kommt daher, weil er der siebente Pionierleiter ist. Man nennt das in der Geschichte auch eine Thronfolge. Im Gegensatz zu einem richtigen Thronfolger hat unser Herr Pionierleiter kein Schloss, keine goldene Kutsche und keine Familiengruft, sondern eine Jawa, einen Goldzahn und eine junge Frau. Sie ist auch Pionierleiterin von der anderen Schule und als solche eine Kampfgefährtin von Pilei dem VII. Wenn sie anfängt zu kämpfen, dann sagt unser Alfons, dass wir uns zusammenreißen müssen. Wir Knaben helfen dann unserem Pionierleiter sehr, damit er über seine Frau gewinnt. Wer dann die meisten Flaschen gesammelt hat oder am schnellsten rennen kann, ist Sieger. Die Mädchen halten mehr zu Frau Spille, weil sie gleichen Geschlechts sind, und man nennt das auch Verrat.

Jetzt will ich von der Pionierarbeit sprechen. Diese ist meist keine Arbeit, sondern mehr Spiel und Zeitvertreib und Beschäftigung mit Dingen, die Spaß machen, oder auch Sitzungen, welche sehr wichtig sind, damit wir uns später daran gewöhnen.

Sitzungen fangen so an. Mein Freund Harald setzt sich auf den Stuhl von Herrn Klassenlehrer und macht ein ganz ernstes Gesicht. Nur wenn er mich ansieht, dann zuckt es bei ihm und er muss schnell wegschauen. Zum Beispiel zum Karl-Heinz Brettschneider. Karl-Heinz Brettschneider hat meist sein Pioniertuch vergessen und dieses ist der erste Tagesordnungspunkt. Wenn alle genug auf Karl-Heinz hineingeredet haben, dann muss uns Karl-Heinz Brettschneider versprechen, dass er das Pioniertuch nie wieder vergisst. Dieses wiederholt sich dann in allen Sitzungen.

Auch verteilen wir auf Sitzungen verschiedene Aufgaben. Zum Beispiel, wenn einer einen Artikel für die Wandzeitung schreiben muss. Einmal war ich dran. Das Thema lautete: Der Kampf um gute Noten. Ich sagte, das ist nicht schwer. Zuerst nahm ich unsere Zeitung „Die Trommel“ und ich habe mir daraus einige schöne Sätze abgeschrieben als Schmücke. Dann habe ich eine Rohschrift gemacht und dann eine Reinschrift. Mein Artikel ging so:

Liebe Pioniere! Der Kampf um gute Noten ist ein Höhepunkt unseres Pionierlebens. Wir befinden uns auf dem Vormarsch und marschieren zuversichtlich weiter. Im Sozialismus darf es keine Fünfen mehr geben. Das macht uns stolz und froh. Der Kampf um gute Noten ist eine feine Sache. Wir danken unseren Freunden, den Lehrern und gehen mit Schwung an die Arbeit. Seid bereit!

Wie ich diesen Artikel vorgelesen habe, haben alle Pioniere geklatscht und mich freudig angestaunt. Unser Herr Pionierleiter sagte, ich bin ein richtiger Redakteur und man muss mich für die Wandzeitung wählen.

Doch nach Sonnenschein folgt Regen und dieser hatte das Gesicht von unserem Herrn Deutschlehrer. Er sagte, dass alles in meinem Artikel fast richtig geschrieben ist, aber ich soll doch einmal erklären, wie wir kämpfen, und ob man auf Fünfen und Vieren stolz sein kann. Auch unser Herr Klassenlehrer hielt eine Predigt und meinte, wir sollen ehrlich sein. Da bekam ich Wut und habe einen neuen Artikel geschrieben und diesen vorher unserem Herrn Pionierleiter und unserem Herrn Klassenlehrer gezeigt. Sie sagten, es ist schon besser, aber zu grob. Man muss höflicher sein. Und ich soll es noch einmal versuchen. Der letzte Aufsatz lautete dann:

Liebe Pioniere! Unter uns gibt es einige faule Säcke, zum Beispiel den Pinne Speckmann, die dicke Mia, den langen Schücht und Spinner Andreas. Wenn nicht bald ihre Fünfen und Vieren verschwinden, dann können sie was erleben. Auch ist ihre Disziplin schlecht, besonders bei unserem Fräulein Bella Kohl. Die größten Stänker sind die Zwillingsbrüder Raschke. Man muss ihnen eins überbraten oder sie erziehen. Auch gibt es viele Abschreiber wie zum Beispiel Claudia Piesel und Barbara Petz. Der Zollmann schnarcht. Das kommt vom vielen Fernsehen. Der Kampf um gute Noten ist ein Höhepunkt in unserem Pionierleben. Seid bereit!

Wie ich diesen Artikel in unserer Gruppe vorgelesen habe, hat

niemand geklatscht und keiner mehr ein freudiges Gesicht gemacht. Unser Herr Pionierleiter sagte, ich bin ein richtiger Kritiker und man muss mich wählen für den Gruppenrat. Auch ist das besser als Artikel schreiben, weil man vom Schreiben meist nur Ärger kriegt.

Unser Herr Pionierleiter ist immer für uns da, nur nicht am Sonntag. Am Sonntag müssen manche zur Kirche und manche nicht. Einmal hat unser Herr Pionierleiter am Sonntag mit uns doch einen Ausflug gemacht, weil seine Frau ein Kind bekam. Es war sehr schön. Und die zur Kirche gemusst haben, waren mächtig neidisch. Wenn es nach mir ginge, könnte Frau Spille jeden Sonntag ein Kind bekommen.

Manchmal kommt zu unserem Herrn Pionierleiter ein Oberpionierleiter vom Kreis. Zu ihm muss unser Herr Pionierleiter sagen, wie viel Pioniere wir sind und wie viel Flaschen und Schrott wir haben und wie viel Zirkel und wie viel Abzeichen und wie viel „Trommel" und wie viel Paten usw. Der Herr Oberpionierleiter schreibt dann die Zahlen auf einen Zettel und sagt entweder: Das ist gut oder das ist schlecht. Ich habe noch keinen Oberpionierleiter gesehen, der mit uns mal einen Spaß macht oder Judogriffe zeigt oder ein lustiges Lied singt oder zaubern kann. Wenn viele Zahlen über uns aufgeschrieben sind, dann werden wir gelobt. Dieses geschieht entweder vor der Fahne oder es kommt ein Fotoreporter. An diesem Tage waschen wir uns den Hals und binden das Halstuch um und setzen uns hin, wie der Herr Fotoreporter es vorsagt, damit alle Leute beim Zeitungslesen sehen, wie gut wir sind.

Pionier sein macht manchmal Spaß, manchmal nicht, zum Beispiel ist es nicht richtig, dass wir alles mit den Mädchen zusammen machen müssen. Wenn wir beim Geländespiel kämpfen, dann fangen die Mädchen gleich an zu heulen oder sie verpetzen ihren Lieblingen unser Versteck. Auch haben wir Knaben stärkere Nerven und mehr Kurasche. Die Mädchen dagegen haben noch Puppen und wollen kochen und über Frauensachen reden. Meinetwegen können sie mich alle am Koch-Tag zum Essen einladen und wir zeigen ihnen dafür unsere Höhle. Diese hat sogar elektrisches Licht von einem

Fahrraddynamo. Einer muss draußen immer trampeln und wenn er fertig ist, kommt der Nächste dran. Unser Herr Pionierleiter und seine Frau waren auch schon in unserer Höhle und sie sagten, als sie hineinkamen: „Donnerwetter!“, und als sie hinausgingen: „Seid bereit!“

Unser Herr Werklehrer Pankraz

Zu den wichtigsten Lehrern gehört auch unser Herr Werklehrer Pankraz.

Ich gehe für mein Leben gern in die Schule, wenn Werkunterricht ist. Werken fällt niemals nicht aus, weil unser Herr Pankraz immer da ist. Wenn wir Herrn Pankraz nicht hätten, wäre ich kein so freudiger Schüler, und das kommt so: Unser Herr Werklehrer Pankraz hat eine große Liebe fürs Werken und eine verstümmelte Hand mit vier Fingern. Der fünfte ist in einer Maschine hängen geblieben, als Herr Pankraz noch Jung- und Tischlergeselle und darum in diesem Zustand unvorsichtig war. Aus dieser Zeit stammt auch sein Lebensspruch, mit welchem er uns immer beim Werken begleitet: Vorsicht ist die Mutter der Weisheit.

Wenn Herr Pankraz sieht, wie wir den Fuchsschwanz anfassen, ruft er immer ganz laut nach der Mutter der Weisheit. Einmal kam die Weisheitsmutter zu spät, als Pillenheini mit dem Hammer daneben haute. Erst war sein Daumen rot, dann blau wie eine Pflaume. Sein Vater kam am nächsten Tag gleich in die Schule gelaufen und hat unserem Herrn Pankraz wegen des Daumens mit schweren Strafen gedroht. Herr Pankraz hat gesagt, dass er keine Angst hat und es ihm leid ist um den Daumen von Heini und dass er ihn mit essigsaurem Ton oder Erde einwickeln soll. Aber Pillenheinis Vater schrie immerfort, wie gut er weiß, wie man breitgeklopfte Daumen behandelt. Nach diesem Zerwürfnis ging Heinis Vater zunächst mal in seine Apotheke.

Wenn Herr Pankraz nicht nach der Weisheitsmutter ruft, dann zeigt er uns, was man alles aus Holz machen kann. Zum Beispiel Frühstücksbretter für Wurst- und Käseschnitten. Man kann auch Zwiebel darauf schneiden und Grimassen, wenn man zu dicht mit den Augen rankommt. Ich habe schon viele Frühstücksbretter geschnitten, eins für Vater, eins für Mutter, eins für meine Schwester, eins für Oma, eins für den Onkel Franz und die Tante Paula und eins für das fromme Fräulein Beul, nämlich das mit dem Sprung. Als ich es mit der Raspel behandelte, war es passiert und hatte einen Knacks weg. Seitdem ist Fräulein Beul immer so freundlich mit mir.

Jetzt machen wir Schlüsselbretter. Aber so viele Schlüssel gibt es gar nicht, wie wir Bretter machen. Darum hat unser Herr Werklehrer Pankraz zum Herrn Direktor Keiler gesagt, er möchte keine Schlüsselbretter mehr machen, weil sie ihm über sind. Herr Pankraz hat gesagt, dass er uns Kindern lieber was anderes beibringen will, zum Beispiel die leichten elektrischen Sachen oder wie man ein Motorrad auseinandernimmt. Unser Herr Pankraz hat auch gesagt, wie er immer an die sowjetischen Kosmonauten denken muss und dass man mit Schlüsselbrettern nicht den Weltraum erobern kann.

Der Herr Direktor hat dann mit dem Finger geprüft, ob die Haken an den Schlüsselbrettern halten, und ist ganz ernst gewesen. Er sagte, dass unser Herr Pankraz ein wichtiges Problem aufgeworfen hat, was so nicht in den Vorschriften steht, zum Beispiel das mit dem Motorrad. Wenn solch ein wichtiges Problem nicht genau vorgeschrieben ist, muss man es im Kollegium diskutieren. Wenn dort alle ja gesagt haben, muss man es weitertragen und es kommt dann an die große Glocke. Aber das kann lange dauern und man muss Geduld haben. Unser Herr Werklehrer Pankraz hat gesagt, dass er keine Geduld mehr hat, und er fuchtelte mit einer Zeitung herum. Daraus will er vor allen Lehrern im Kreissaal vorlesen, was der Minister über die Bedeutung des modernen Werkunterrichts spricht.

Unser Herr Direktor hat jetzt immerfort mit dem Kopf auf und nieder gemacht und dann mit ganz hoher Stimme gesprochen, dass das Wichtigste erst einmal die Kartoffeln sind und der Plan und man muss nicht immer Neues dazu spinnen. Der Herr Pankraz soll lieber an Weihnachten denken, welches ein Fest der Versöhnung ist, wo man alle Menschen beschenken kann, zum Beispiel mit Schlüsselbrettern, und er soll erst einmal so weitermachen.

Ich habe unseren Herrn Pankraz gern, weil er seit diesem wichtigen Gespräch mit dem Herrn Direktor noch schönere Sachen uns beibringt. Wir haben zum Beispiel mit Leichtstrom allerlei kurze

und lange Leitungen gebaut, auch elektrische Stecker auseinander- und zusammengemacht, einen Kran, Winden, Karren und schiefe Ebenen gebaut, dann Stühle und Klobrillen repariert, weil die Scharniere so schnell durchrosten, und bei der LPG einen Zaun gesetzt und vieles mehr. Nächste Woche will unser Herr Pankraz mit uns den Wasserhahn vom Herrn Direktor heil machen. Dieser ist schon ziemlich ausgeleiert und tropft dauernd, sagt unser Herr Werklehrer Pankraz.

Wie im Kreis alle Lehrer hörten, was unser Herr Werklehrer Pankraz alles mit uns anstellt, musste er dauernd in der Welt herumkutschieren und große Reden halten. Das ist sehr schade, weil seitdem auch der Werkunterricht manchmal ausfällt.

Unser Heidenröslein

Wichtig ist auch, dass ein Lehrer nicht dauernd wechselt, sonst geht es durcheinander.

In unserer Schule ist es manchmal ganz verkehrt, weil wir einmal diesen Lehrer in Deutsch haben, im nächsten Jahr wieder jemand anders und zwischendurch vielleicht öfter wieder einen anderen Lehrer und man muss sich immer umstellen und aufpassen, dass wir seine Lieblingseigenschaften erkennen. Wie die Schule anfing, haben wir zum Beispiel erst Herrn Burschelmann in Mathematik und Erdkunde gehabt und er sagte immer, das ist sein Revier, wo er sich auskennt. Jetzt ist der Herr Burschelmann unser Herr Deutschlehrer, auch gibt er Gesang. Wenn wir beim Herrn Burschelmann singen, dann prüft er meist nur unsere Stimmen, weil Herr Burschelmann selbst nicht singen kann, und es ist ein Geburtsfehler bei ihm. Wogegen zum Beispiel Fräulein Uta Kraut schon frühmorgens, wenn sie aufsteht, trällert wie eine Heidenlerche. Und Frau Hermine Bruns, welche ihre Mietsmutter ist, spricht dazu: Sie hat eine vergoldete Kehle. Fräulein Uta Kraut gibt aber in unserer Schule nicht Musik, sondern Mathematik. Und unser Herr Burschelmann nennt diesen Zustand Wilddieberei. Und es wird Zeit, dass die Wechseljahre bald vorbei sind.

Eines schönen Tages kam der Herr Burschelmann wieder in unsere Klasse geächzt und sprach mit kräftiger Stimme, wir müssen uns jetzt vorstellen, dass wir nicht in der Schule sitzen, sondern auf der Heide. Wer sich das nicht denken kann, soll wenigstens den Schnabel halten und nicht mit den Bänken knarren, sonst zerstört er die Poesie. Diejenigen, welche Fantasie haben, sollen sich umschauen und sagen, was sie sehen. Mein Freund Harald sprach, er sieht eine verschlammte Tafel und man muss dem Klassendienst gleich noch eine Woche draufbrummen. Unser Herr Burschelmann antwortete, das stimmt, aber der Harald taugt nicht für die Poesie.

Und der Herr Burschelmann wollte wissen, ob vielleicht auf einer Heide verschlammte Schultafeln stehen? Einige von uns riefen nein! Wie Herrn Burschelmann die Zeit zu lang geworden ist und wir immer noch nicht gesehen haben, was Herr Burschelmann hat sehen wollen, sprach er deutlich: Er sieht ein Heidenröslein. Jetzt haben einige von uns das auch gesehen und riefen aah! Unser Herr Burschelmann hat sich aber nicht so gewundert wie wir. Er schlug das Lesebuch auf und rief Ruhe! Denn jetzt wird er das Gedicht vom Heidenröslein vorlesen. Wer nicht aufpasst, dem verpasst er eine mächtige Strafarbeit.

Als Herr Burschelmann das Heidenröslein hinter sich hatte, fragte er, ob einer den Inhalt nacherzählen kann. Ich habe mich als Erster gemeldet und sprach: „Ein Knabe, welcher jung und am Morgen schön war, hat auf einer Heide ein Röslein gesehen und ist schnell darauf zu gerannt. Der Knabe hat erst mit dem Röslein diskutiert, ob es sich brechen lässt. Das Röslein entgegnete, dass es sticht, und der Knabe kriegt einen Denkzettel ab. Aber der Knabe, welcher ein wilder war, machte knacks und ab war das Röslein. Dieses hat sich mächtig gewehrt und um sich gestochen und Auweia und Ach geschrien, aber es hat alles nichts geholfen. Denn das Röslein war rot."

Unser Herr Burschelmann sagte, es war fast richtig, aber aus mir wird niemals ein Dichter und wir sollen unsere Ohren aufsperren und ein Gefühl für das Schöne mitbringen. Er wird es gleich noch einmal vorlesen. Herr Burschelmann hat es jetzt mächtig betont und ist manchmal mit der Stimme nach oben oder nach unten geklettert, je nachdem. Als er sprach, ich steche dich, schnellte sein Zeigefinger wie ein Dolch auf den Schweine-Sigi, welcher gleich zusammenzuckte.

Danach meldete sich Elvira Munk und sagte, sie hat schon ein solches Heidenröslein gesehen, es war in der Scharfheide. Wo, fragte unser Herr Burschelmann und schlich wie ein Panther zu Elvira Munk. Wie sie wieder dasselbe sagte, ließ Herr Burschelmann gleich die Atlanten aufschlagen, und er war plötzlich wieder in seinem alten Revier. Und wir mussten alle im Chor Schooorfheide brüllen.

Wir haben noch sämtliche Heiden vorwärts und rückwärts aufsagen müssen, da war die Stunde um. Und wer zum nächsten Mal das Heidenröslein nicht kann, schreibt es zehnmal ab.

Wie der Tag heran war, wo wir es aufsagen mussten, war Herr Burschelmann zu einem Lehrgang für Rettungsschwimmer, und wir waren sehr froh. Auf einmal ging die Tür auf und Fräulein Uta Kraut kam als Ersatz hereinspaziert. Mit einer Gitarre. Sie hat sich gleich beim Schweine-Sigi auf die Bank gesetzt und immer ein bisschen gezupft und geklimpert und dazwischen geplaudert. Von einem Spaziergang auf der Heide. Auch hat sie sehr schön die Landschaft beschrieben und sie liebt sie sehr. Mit einem Male fing sie ganz leise an zu singen, sah ein Knab ein Röslein stehen. Wir lauschten alle dem schönen Gesang und sogar die wilden Knaben. Seitdem nennen wir Fräulein Uta Kraut unser Heidenröslein und Herrn Burschelmann unser Heidenross. Aber er weiß es nicht, weil man höflich sein muss.

Der * verkannte Herr Burschelmann

Wichtig ist auch, dass ein Lehrer seine Füße richtig gebraucht. Vor ein paar Tagen wollte unser Herr Burschelmann schnell die Treppe runtergehen, wobei er eine Stufe verpasste und sich glatt hinlegte. Wir dachten, es ist ein Glück für den Herrn Burschelmann, dass er unter seiner Haut so gut gepolstert ist. Aber er musste gleich nach Hause geschafft werden und wir hörten, wie der Herr Direktor Keiler zu Frau Seidenschnur sprach, was sollen wir jetzt bloß anfangen, wenn der Herr Burschelmann lange krank ist, und wer kümmert sich um die Ausstellung? Frau Seidenschnur zuckte mit den Schultern und rief: „Nein, so ein Unglück!"

Nach dieser Trauernachricht freuten wir uns erst sehr, weil die Erdkundestunde bei dem grimmigen Herrn Burschelmann ausfiel. Aber dann pochte ein Gewissen in unserer Brust und mein Freund Harald sagte, wir Pioniere müssen eingreifen. Zuerst brauchen wir ein paar Mutige, die mit ihm zu Herrn Burschelmann nach Hause gehen. Entweder wird der Herr Burschelmann schnell kuriert oder wir kriegen heraus, was das für eine Ausstellung sein soll. Wer kommt mit? Danach meldeten sich einige furchtlose Pioniere, auch ich.

Es war Nachmittag. Weil keiner vornweg gehen wollte, opferte ich mich und klingelte. Als die Frau Burschelmann öffnete, strahlte sie und ließ uns gleich hinein. Auch rief sie zu einem Schäßlong hinüber, es kommen Kinder. Auf dem Schäßlong lag der Herr Burschelmann und zeigte ein knurriges Gesicht. Dazu sprach er: „Ihr habt wohl keine Schularbeiten, was? Und jetzt wollt ihr sehen, wie ein alter Bär auf der Strecke liegt." Die Bärbel Patzig bekam schon ein leichtes Zittern, aber ich flüsterte ihr zu, sie muss sich nicht fürchten, denn der Bär liegt. Auch blickten seine Augen freundlicher als sein Gebiss.

Mein Freund Harald trampelte jetzt wie ein Pferd mit dem Fuß nach hinten, bis es die Wally merkte. Sie legte schnell ein Blumen-

gebinde auf die Decke von Herrn Burschelmann. Dieser zwinkerte ein paarmal mit den Augen, als wenn ihn was juckt, und sprach: „Liebe Frau, man muss doch die Herrschaften nicht stehen lassen und man muss einmal in der Kammer nachsehen, ob es was zum Knabbern gibt."

Jetzt war Grabesstille, wohinein ich sprach. Ob der Herr Burschelmann mächtige Schmerzen hat. Er knurrte nein, bloß wenn er Handstand oder eine Rolle macht, dann zieht es ein bisschen. Ich antwortete, dann ist es gut. Aber als sich Herr Burschelmann einmal bewegte, stieß er einen sanften Fluch aus. Das war ein Zeichen für eine längere Krankheitsdauer und Harald fragte, was der Herr Burschelmann für eine Ausstellung vorhat, und vielleicht können wir helfen.

Herrn Burschelmann juckte es wieder an den Augen und er rief: „Wo bleiben denn nur die Kekse?" Sie kamen gleich. Auch sagte er, dass es eine Ausstellung über die Geschichte der SED ist, und er dachte an den Vorraum im Kino, wo man sie aufbauen könnte. Leider muss er hier flachliegen, das kommt davon, wenn man in der Schule rennt.

Die Wally erzählte jetzt ein Erlebnis von ihrer Großmutter, welche sich ein Bein brach, weil sie dachte, sie kann mit der Straßenbahn noch um die Wette sausen. Das war ein Irrtum. Danach raffte ich mich zusammen und fragte Herrn Burschelmann, wieso er diese Ausstellung machen will, denn er ist doch kein Genosse. Mein Freund Harald flüsterte mir ins Ohr, dass ich ganz schön blöd bin, wogegen Herr Burschelmann es nicht übelnahm. Er entgegnete, wir müssen eben einmal darüber nachdenken.

Zuerst fiel der Groschen beim Schweine-Sigi runter, weil er am kleinsten ist. Er sagte, wenn sein Vater als Genosse eine schöne fleischige Sau züchtet, dann denkt er nicht nur daran, dass die Genossen satt werden, sondern auch die anderen, wie zum Beispiel das fromme Fräulein Beul oder der Herr Schriftsteller Kleinlein oder sonst wer. Und der Herr Burschelmann verdankt vielleicht der SED auch was. Daran kann man sehen, dass der Ottokar ein bisschen besengt ist. Herr Burschelmann sagte, so ist es, und seiner Frau rief er zu, sie soll doch einmal das dicke Fotoalbum bringen.

Frau Burschelmann brachte es und setzte sich zu uns und blätterte. Es war sehr interessant. Erst sahen wir Herrn Burschelmann, wie er aus dem Krieg kam. Er war ganz dünn und alles schlotterte. Dann sahen wir Herrn Burschelmann vor einer kaputten Werkstatt mit einer Mohrrübe. Darunter stand: die Wurst des kleinen Mannes. Danach saß Herr Burschelmann auf einer Schulbank, wozu er sprach: „Hier lernte ich Lehrer und es war für mich ein Meilenstein." Jetzt kam ein Bild, wo man Herrn Burschelmann mit Frau Burschelmann eng umschlungen sah. Aber Frau Burschelmann blätterte ganz schnell weiter. Danach erschienen viele Schulbilder, auch von unserer Schule, und auf jeder Seite wurde der Leib des Herrn Burschelmann dicker. Auch erzählte er zu jedem Bild eine Geschichte. So haben wir den Herrn Burschelmann noch nicht kennengelernt und es wurde höchste Zeit, weil man sonst denken musste, der Herr Burschelmann kann bloß knurren. Er kann noch mehr.

Auf einmal rief die Wally, sie hat eine Idee. Man müsste alle Lehrer über ihr Leben ausfragen und sie mit ihren Fotos an eine große Wandzeitung kleben. Jetzt schnatterte jeder durcheinander. Der Harald meinte, man kann vielleicht auch so alte Sachen neben neuen ausstellen und sein Vater hat zu Hause als Andenken noch eine Tabakschneidemaschine. Sie kostete zehn Feuersteine. Die Bärbel

Patzig hauchte, man kann vielleicht auch eine Lebensmittelkarte hervorsuchen, worauf der Sigi ergänzte, man muss dazu ein Foto von den Säuen seines Vaters machen. Ich sagte, dass von meinem Vater sicher noch ein altes Schulbuch rumliegt, denn er hebt sich allen Dreck auf. Bloß seine Zeugnisse hab ich noch nicht gefunden und ich muss es glauben, wenn er spricht, wie gut sie waren. So gab es viele Vorschläge.

Der Herr Burschelmann sagte ein paarmal zu seiner Frau, ob sie auch richtig hinhört und warum so wenig Keks im Hause ist. Auch sind wir sehr pfiffig, sagte er, und er braucht jetzt keine Angst mehr zu haben, dass es mit der Ausstellung nicht klappt. Als wir gingen, brüllte uns Herr Burschelmann nach, wir sollen aber nicht denken, dass wir jetzt in Mathematik und Erdkunde faulenzen dürfen, auch möchten wir bald wiederkommen.

Jetzt wissen wir, was wir tun. Wir sprechen mit allen Lehrern wie mit Herrn Burschelmann auf dem Schäßlong. Aber deswegen brauchen sie nicht gleich die Treppe runterzufallen, es geht auch im Sitzen.

Unser Herr Sportlehrer Stramm

Wichtig ist auch die Gesundheit.

Damit wir Kinder nicht unter der Fettsucht leiden müssen, hat zum Beispiel ein Herr Friedrich Jahn, zusammen mit unserem Herrn Sportlehrer Stramm, das Turnen erfunden. Die tollsten Turner und Sportskinder unter uns nennt man auch Sportskanonen, wozu mein Freund Harald und ich zählen. Mächtig in Form sind auch die Zwillingsbrüder Ralf und Benno Raschke. Es sind eineiige Zwillingsbrüder. Warum weiß ich nicht und unser Herr Biologielehrer hütet sich vor solchen Gesprächen. Im Gegensatz zu den Zwillingskanonen stehen der Pillenheini und die dicke Mia. Der Pillenheini ist ein Schlacks und die dicke Mia wie eine Qualle ohne Muskeln und Kraft, nur Saft. Sie ernährt sich hauptsächlich von Brausen, Torten und Süßigkeiten. Die meisten Knaben und Mädchen treiben aber gern Sport und beschreiten den steilen Pfad zur Sportnation, wie es in der Zeitung heißt.

Jetzt will ich ein bisschen eine Turnstunde schildern. Nachdem wir uns alle ausgezogen und wieder halb angezogen haben, schreitet unser Herr Sportlehrer Stramm stolz und mit gehobenem Kopf in die Mitte des Turnsaales. Unser Herr Stramm muss so gehen, damit er etwas größer aussieht. Dann lässt Herr Stramm einen Triller aus seiner silbernen Pfeife und wir müssen uns aufstellen, entweder so oder so. Meistens in Ausgangsstellung. Jetzt kommen gymnastische Übungen dran, bis es überall in unseren Muskeln zieht. Herr Stramm geht auch manchmal zu diesem oder einem anderen gymnastischen Knaben und tadelt entweder sein Gesäß oder seinen Buckel oder seine Knickbeine. Zwischendurch müssen wir uns ausschütteln. Hinterher turnen wir meistens an den Geräten oder treiben Leichtathletik oder wir spielen mit Bällen, zum Beispiel mit dem Arzneiball.

Bei den Mädchen gibt unser Fräulein Heidenröslein Sport und wir schauen sie gern an. Sie ist viel zahmer als unser Herr Stramm. Während wir Knaben nach seiner Pfeife flitzen müssen, tanzen die Mädchen meistens nach einer abgesägten Trommel. Fräulein Heidenröslein ruft dann immer in die Mädchen hinein, sie sollen sich schön strecken und ihre Brust hervorheben und die Arme und Beine elastisch schmeißen. Während unser Herr Stramm jeden Patzer bestraft, spricht Fräulein Heidenröslein wie eine sanfte Prinzessin zur schweren Wally, sie muss sich nicht fürchten, und sie wird den Bocksprung schon noch lernen. Der beste Bock im Springen ist der Lücht. Er sprang sogar über unseren Herrn Stramm und hat sich nur den Fuß verstaucht.

Der liebste Sport im Sommer ist das Schwimmen und das Tauchen. Als unser Herr Stramm einmal zur Toilette musste, tauchten wir Knaben um die Wette. Ich konnte am zweitlängsten tauchen, weil ich es öfter in der Badewanne übe. Am längsten tauchte Schweine-Sigi. Als unser Herr Stramm wieder zurückkam, fragte er, warum wir so ins Wasser starren. Wir sagten, der Schweine-Sigi ist unten und er wird Taucherpräsident. Da sprang der Herr Stramm wie ein Blitz hinein und holte Sigi rauf. Der spuckte wie ein Walfisch und wie ein glücklicher Sieger, wogegen unser Herr Stramm ganz blass und zitterig war und sprach, dass er uns nicht mehr den Buckel zeigen kann, weil sonst ein Unglück passiert. Seitdem kämpfen wir nicht mehr um den Titel Taucherpräsident, sondern nur um den Kreispokal.

Dieser sieht aus wie eine alte Vase aus der Rumpelkammer und steht in einem Glaskasten auf dem Flur. Und er wird immer zum Schulsportfest gespendet. Das Schulsportfest ist ein Höhepunkt, an dem sich alle Lehrerinnen und Lehrer beteiligen müssen, entweder als Sandharker oder als Stoppuhrdrücker oder als Messlattenaufheber oder als Temporufer oder als Schreiber.

Unsere Frau Seidenschnur zieht sich dann immer eine mächtig flatternde Trainingshose an und verteilt wichtige Ratschläge, zum Beispiel, der Sport macht jung und gesund und wir sollen sie ansehen; oder sie spricht, in einem gesunden Körper lebt ein Geist. Auch

Fräulein Bella Kohl verkleidet sich sehr schön mit weißen Bäckerhosen, welche bald platzen. Auch trägt sie eine Sonnenbrille und die Verantwortung für die Listen. Unser Herr Direktor Keiler läuft dann immer von einem Lehrer zum anderen und fragt, ob sie klar sind. Er verkündet danach in einer Ansprache, welche hohen Gäste uns zuschauen. Auch geht er an diesem Tage nicht so gebeugt wie sonst. Unser Herr Sportlehrer Stramm blickt uns Knaben vor dem Wettkampf tief in die Augen und murmelt, wir sollen alles aus unserem Körper herausholen, und unser Pionierleiter organisiert einen sprechenden Chor, der uns Kämpfern Gedichte zubrüllt, zum Beispiel: „Rangeklotzt und noch ein Tor, kämpft um den Sieg wie nie zuvor!" oder „Alle Pioniere singen, Ottokar muss weiterspringen!" und viele andere selbstgedichteten Werke.

Unser Herr Burschelmann spendete beim letzten Sportfest sogar eine Startpistole und er durfte sie zum Dank abballern. Deswegen war mein Freund Harald diesmal nicht der schnellste Läufer. Das kam so: Herr Burschelmann schoss, unsere Frau Seidenschnur schrie vor Schreck um Hilfe und mein Freund Harald kam vor lauter Lachen nicht richtig zum Spurt.

Ich bin beim Sportfest meistens Favorit im Radrennen. Das kommt vielleicht daher, weil ich eine sportbegeisterte Mutter habe. Vor jedem Match spricht sie zu ihrem Sohn: „Hoffentlich gewinnst du, Ottokar, aber fahr bloß nicht so schnell, mein Junge, hör auf deine Mutter!"

Unser Herr Sportlehrer Stramm ist auch der sparsamste Lehrer und man muss sich daraus ein Vorbild machen. Er schont am meisten seine Anzüge, Westen, Hemden, Socken, Schlipse und Hosen, weil er meistens im Trainingsanzug rumläuft. Man nennt das auch Berufskleidung und sie ist praktisch. Man kann damit turnen, schlafen, demonstrieren, ein Bierchen trinken, die Eltern heimsuchen, auf dem Bauch kriechen, Rad fahren, Aufbaustunden machen und schnell hineinschlüpfen und hinausschlüpfen. Auch trägt man als Schmuckstück um den Hals eine Trillerpfeife. Einmal sind mein Freund Harald und ich an Herrn Stramm vorbeigerannt, ohne ihn zu grüßen. Er rief, ob wir ihn vielleicht

nicht mehr kennen. Wir sagten nein. Es war am Hochzeitstag von Herrn Stramm nebst Braut. Diese muss eine verschwenderische Person sein, weil sie unseren Herrn Stramm gezwungen hat, einen richtigen Anzug anzuziehen, so dass ihn keiner mehr erkennen konnte.

Ein Besuch im Museum

Sehr wichtig in der Lehrerfamilie ist der Geschichtslehrer.

Eines schönen Tages sagte unser Herr Geschichtslehrer, Herr Direktor Keiler, wir machen eine Exkursion ins Kreisheimatmuseum. Wir sind dann ziemlich früh losgestiefelt und ein Stückchen mit der Bahn gefahren und wie wir da waren, hieß es zuallererst, dass man die Schuhe abputzen muss. Auch sollen wir den Mund halten und nur richtige Fragen stellen und nichts anfassen. Wer schnell noch einmal austreten muss, der soll es gleich machen. Es befindet sich hinter dem Kastanienbaum.

Als die Mädchen alle wieder angekleckert kamen, befanden wir uns schon in einem Raum mit einem älteren freundlichen Fräulein, welches zum Museum gehört. Sie sprach: „Liebe Kinder, wir stehen hier in der Abteilung des Altertums." Und dann zeigte sie mit einem dünnen Finger auf alte Töpfe und Scherben. Manche waren mit Mustern bekritzelt, manche auch nicht, und man fand sie in einem Hühnergrab. Wir mussten jetzt alle staunen, was die alten Vorfahren schon für Scherben machten. Auch befand sich eine viele tausend Jahre alte Funkenerzeugungsmaschine im Museum, hergestellt von der polytechnischen Oberschule in Bunzenau.

Von der Steinzeit war es nicht weit bis zur Bronze- und Eisenzeit, sondern gleich nebenan. Hier gab es schon interessantere Sachen zu sehen, zum Beispiel Schwerter, Pfeilspitzen, Spieße, Bierkrüge und verschiedene Schmuckgehänge. Manche davon waren ganz modern und man sieht sie auch in den Kunstgewerbegeschäften.

In der nächsten Abteilung sprangen wir gleich ins Mittelalter und es bestand aus vier Zimmern. Das erste war voller Heiligenbilder und dazu nannte das Museumsfräulein alle Namen. Ich habe gar nicht gewusst, dass es so viele Heilige gibt, und sagte zu meinem Freund Harald, dass das fromme Fräulein Beul aus unserem Ort nicht die Einzige ist, und sie wird sich ärgern, wenn sie es erfährt.

Das Museumsfräulein erzählte jetzt Märchen aus der heiligen Zeit und Geschichtserlebnisse, zum Beispiel das von einem Pappa Rossa, der zu Fuß über die Alpen schlich. Auch nennt man das einen Kasanovagang. Das Museumsfräulein zeigte eine Bannbulle, welche der Papst gegen Pappa Rossa geschleudert hat.

Im nächsten Zimmer standen ein paar Pulte mit Glaskästen, darinnen lagen dicke, verschrumpelte Bücher, welche die Mönche geschrieben haben. Sie haben sehr schön und künstlerisch geschrieben, so dass man es heute nicht mehr lesen kann.

Im dritten Mittelalterzimmer sah man wieder allerlei Waffen und Folterwerkzeuge. Wir durften sie aber nicht ausprobieren, weil unser Herr Direktor Keiler sprach: „Nehmt euch in acht!“ Die Mädchen schauten sich Bratpfannen, Spiegel, Bestecke und solches Zeug an, wogegen wir Knaben die alten Münzen zählten. Es waren 87 Stück. Im letzten Mittelalterzimmer bekamen wir erst einmal einen Schreck. Denn wir sahen eine Alchimistenküche mit einem ausgekochten Totenkopf aus Plaste. Die Küche wird alle paar Jahre schwarz gepinselt, denn das macht alt. Auch standen Flaschen und Töpfe herum, in welchen man Stachelbeerwein zubereitet wie zum Beispiel mein Onkel Franz. Dieser ist sehr sauer und erzeugt bei Knaben, welche nicht maßhalten können, einen Durchfall.

Jetzt sprangen wir in die Fürstenzeit und es sah aus wie eine schöne große Rumpelkammer. Auch musste man sich hier besonders vorsichtig benehmen. Zum Beispiel durfte ich mich nicht auf einen krummen Stuhl setzen, weil diesen schon ein Herr Fürst mit seinem Gesäß und Gefolge beehrt hat. Man sah viel Porzellan, bunte Weingläser und allerlei Figuren, wie man sie in unserem Landkaufhaus kaufen kann. Und jetzt weiß ich auch, warum es noch Leute gibt, welche diese Gegenstände kaufen. Denn sie wollen leben wie die Fürsten. Die Mädchen staunten über ein Himmelbett, in welchem eine jungfräuliche Durchlaucht geschlafen hat, und zwar so lange, bis sie ein Markgraf heiratete. Der Markgraf war an der Wand aufgehängt und das Museumsfräulein hat an ihm alle Glieder aufgezählt oder auch Ahnenreihe genannt. Auch gab es jede Menge alter Möbel zu sehen, welche man heute nur noch bei sehr

feinen Leuten vorfindet, die sich solche alten Sachen nachmachen lassen.

In der vorletzten Stube schrien die Mädchen alle auf und fassten sich vor Schreck an die Brust. Denn wir sahen eine Bauernstube mit lebendigen Wachsfiguren und mächtig viel Röcken, Schnüren, Hauben und Schnallen. Man nennt dies auch eine Tracht und sie ist behinderlich beim Sport, in der Straßenbahn und beim Produktionstag. Deshalb trachtet man heute nur noch beim Volkstanz, beim Faschingsball und bei Heimatfesten, wo zum Beispiel die Damen und Männer wie im Museum rumlaufen, mit Rüstungen, aufgeschlitzten Hosen usw. Man nennt dies auch einen historischen Auflauf.

Die letzte Stube war die kleinste mit der Aufschrift: „Aus der Arbeitergeschichte unseres Kreises." Aber sie war erst halb fertig. Denn es ist viel leichter, alte und uralte Klamotten zu sammeln als etwas aus der Arbeitergeschichte, zum Beispiel von der Revolution und vom Widerstandskampf. Man müsste einmal rumfragen, wer noch etwas aus dieser Zeit hat, sagen wir Fotos oder eine Mütze von der Volksmarine oder Knöpfe und Orden oder Flugblätter oder eine verbotene Druckmaschine. Es müssten sich die Dichter aus unserem Ort hinsetzen und eine Chronik schreiben. Aber unser Herr Heimatdichter Kleinlein schreibt lieber Kartoffel- und Liebeslieder. Man muss ihn umschulen. Die Schwierigkeit ist nur, wer hilft dem freundlichen Museumsfräulein? Unser Herr Geschichtslehrer kann es nicht; denn er sagt immer, mir hängen Klötzer am Bein, und sie heißen Fernstudium und der Titel Direktor.

Unser liebes Weihnachtsfest

Ein wichtiges Ereignis ist auch das Weihnachtsfest. Wenn es vor der Tür steht, ist alles anders, und die meisten Menschen machen eine Wandlung mit. Sie verzaubern sich in gütige Feen, bärtige Weihnachtsmänner, milde Jung- und Altfrauen und sanfte Schreihälse. Die sich andauernd bekämpfen, wie zum Beispiel Frau Kubitzke und Frau Speckmann, sagen jetzt guten Morgen, und Frau Kubitzke will wissen, was in den Paketen alles drin ist, die Frau Speckmann immer bekommt, und Frau Speckmann fragt, was die liebe Schwester in Lübeck macht, und sie weiß schon gar nicht mehr, wie das Marzipan schmeckt. Sie machen dann manchmal ein Tauschgeschäft und sagen zueinander, wie freundlich sie jetzt wieder sind, und sie sind nur noch zu Hause aufeinander neidisch.

Auch bekommen manche Leute vor Weihnachten ein schlechtes Gewissen und sie schreiben schnell an alle Verwandten und Bekannten, wie es ihnen geht und dass der Mensch sich immer erst an seine Lieben erinnert, wenn die Weihnachtszeit kommt. Und es soll keiner denken, sie müssen etwas schicken; denn das schönste Weihnachtsgeschenk ist ein lieber Gruß. Wenn dann das schönste Weihnachtsgeschenk ankommt, dann fragen sie Frau Kahlmann von der Post, ob das alles ist und ob nicht ein Paket dabei war.

Auch bekommen manche Leute um Weihnachten rum eine schöne Gesangsstimme, zum Beispiel unser Herr Nachbar Preisel. Wenn Herr Preisel in einer Versammlung ist und es wird ein Lied gesungen, dann fängt Herr Preisel immer als Erster an zu schmettern, und alle Leute fallen dann drauf ein. Wenn Weihnachten ist, singt Herr Preisel mit seiner Frau zweistimmig stille Nacht und wie selig ihn die Weihnachtszeit macht. Auch ist seine Stimme jetzt wie Marmelade.

Vor Weihnachten beginnt bei uns zu Hause ein großes Backen, Brutzeln, Rascheln und Knistern und meine kleine Schwester fragt alle Tage, ob bald Weihnachten ist. Meine Mutter streichelt dann über ihren Kopf und sie muss sich noch ein bisschen gedulden.

Auch in unserer Schule ist zu Weihnachten alles anders. Am letzten Schultag vor dem lieben Weihnachtsfest zieht durch unsere Klassen ein feiner Geruch. Es duftet nach Tannengrün und Fichtengrün nebst Kieferngrün und nach Bohnerwichse. Das ist zum Beispiel in unserer Klasse ein Vorteil, weil man jetzt nicht mehr so genau den Günter Wispel riechen kann.

Man muss sich auch wundern, wie sich am letzten Schultag vor Weihnachten unsere lieben Lehrer verändern. Auf ihren Gesichtern sitzt ein milder Schein und man sieht keine Furchen und kein Zucken und es gibt an diesem Tage keine Tadel. Das ist wie am Tag des Lehrers! Auch haben unsere Lehrer einen anderen Blick. Wenn zum Beispiel der Herr Luschmil in die Klasse kommt, dann sind seine Augen ganz verschleiert. Herr Luschmil hat den Weihnachtsblick.

Aber das ist noch nicht das Schönste. Zum Weihnachtsblick kommen die Weihnachtsstunden. Wenn zum Beispiel unser Herr Deutschlehrer in die Klasse hineintritt, dann zieht er mit seiner Nase den Tannenduft hoch und sagt, es riecht nach Weihnachten. Die Mädchen machen jetzt ganz verliebte Augen, rutschen zusammen und kuscheln sich. Wir Knaben wissen auch, was jetzt kommt. Es sind immer dieselben Weihnachtsmärchen und wir kennen sie schon auswendig. Zum Beispiel das Märchen von dem kleinen Mädchen mit den Schwefelhölzern. Wenn unser Herr Deutschlehrer das Märchen vorliest, dann legen sich die Mädchen halb auf die Bank und hängen mit den Augen an seinem Mund. Wir Knaben machen meistens die Augendeckel zu. Die einen lauschen mit, die anderen denken vielleicht an die Naschereien und ans Schlittern und welche fragen, wenn die Stunde um ist, was los war. Wir munteren Knaben sagen dann, wie sich unser Herr Deutschlehrer über die Märchen gefreut hat.

Aber das ist noch nicht das Schönste. Wenn unser Herr Mathematiklehrer Burschelmann hereinkommt, dann fragt er meistens, was wir heute machen wollen. Die Mädchen schreien wieder, er soll eine Geschichte erzählen; und manche Knaben schreien das auch,

wenn sie noch sehr müde sind. Unser Herr Mathematiklehrer setzt dann seinen Weihnachtsblick auf und spinnt sich selbst eine Geschichte. Seine Geschichten fangen immer so an: „Wie ich gestern in der Stadt über den Weihnachtsmarkt gegangen bin, da hab ich so allerhand gesehen, zum Beispiel viele, viele Lichter." Und nachher müssen wir zusammenrechnen, wie viel Lichter es sind, wenn an jeder Bude drei Lampen brennen und am großen Weihnachtsbaum 87 und an jeder Lichterkette 92 und wie groß der Stromverbrauch ist. Man nennt das auch eine Weihnachtsrechnung.

Aber auch das ist noch nicht das Schönste. Kommt zum Beispiel unser Herr Geschichtslehrer in die Klasse, dann erzählt er uns meistens von den alten Germanen, welche auf dem Bärenfell gelegen haben und dabei das Weihnachtsfest erfanden, und es hatte nur einen anderen Namen; oder er erzählt von den Christen, welche das Christkind erfunden haben, oder von den Glasbläsern, welche die Weihnachtskugeln erfunden haben, oder von seinen Eltern, welche den Weihnachtsbaum erfunden haben.

Wenn unsere Frau Seidenschnur in die Klasse schreitet, dann steckt sie mit zitterigen Fingern das Kränzlein in der Klasse an, welches immer die Gundel Lockenbach mitbringt; und sie haucht zu Frau Seidenschnur, es ist Advent. Dieses muss ein Geheimwort sein und heißt vielleicht so viel wie Sängerkränzlein, weil wir darunter immer singen müssen, zum Beispiel „Leise rieselt der Schnee" und „Bald nun ist Weihnachtszeit"; oder die Gundel sagt uns auf „Denkt nur, ich habe das Christkind gesehn". Aber es will keiner von uns glauben, weil Gundel öfter mal schwindelt.

Aber nicht nur unsere Lehrer haben einen Weihnachtsblick, sondern alle Leute, zum Beispiel auch meine Eltern. Dagegen sind die Blicke an anderen Festtagen ganz anders. Nehmen wir nur den 1.-Mai-Blick. An diesem Tage schnallt mein Vater das Koppel um und marschiert als Kommandeur der Kampfgruppe. Dazu muss er einen festen Blick aufsetzten. Denn ein Weihnachtsblick passt nicht zu einem Kämpfer.

Unsere Klasseneltern

Neben den Lehrern sind die wichtigsten Personen unsere Eltern.

Eines Tages mussten wir in unser Deutschheft hineinschreiben: „Liebe Eltern, am Donnerstag ist um 20 Uhr im Klassenraum 5a eine Klassenelternversammlung. Wir bitten um zahlreiches Erscheinen.“ Meine Mutter hat mich gleich strafend angesehen und gesagt, dass sie nicht weiß, ob sie sich freuen oder schämen soll. Und sie wird schon hören, was ich wieder ausgefressen habe. Dann gab sie mir einen Katzenkopf, weil ich Erscheinen klein geschrieben habe, und sie sprach, aus mir wird entweder ein Tagedieb oder ein Subjekt. Aber ich dachte mir, ein Subjekt kann ich nicht werden, weil das ein Satzgegenstand ist; dann schon lieber ein Tagedieb. Und ich werde dann immer die Tage stehlen, wo Elternversammlungen sind. Als es soweit war, hat meine Mutter ein schönes Kleid angezogen und Parföng hinter das Ohr gerieben. Mein Vater war schon fertig und fragte, wie lange es noch dauert und ob die Mutter zu spät kommen will. Mutter sagte, sie will nicht zu spät kommen und der Vater soll mich ins Bett schicken. Ich konnte den Befehl kaum erwarten. Ich bin dann aber nicht ins Bett gegangen, sondern durch die Balkontür auf die Straße. Dort habe ich dreimal gepfiffen, bis mein Freund Harald kam. Wir sind jetzt ganz schnell zur Schule gelaufen in unsere Klasse, wo wir uns hinter dem Vorhang versteckten. Dieser verkleidet eine braune Tür, hinter der meist unser Herr Direktor sitzt und lauscht, wenn er müde ist vom Diktieren und Telefonieren.

Zuallererst kam unser Herr Klassenlehrer. Als er gesehen hat, dass noch keine Eltern da sind, hat er sich hinter den Tisch gestellt und seine Stimme ausprobiert, indem er sagte: „Liebe Eltern, ich freue mich, dass Sie so zahlreich erschienen sind.“ Mein Freund Harald hat sich die Nase zugehalten und sein Taschentuch in den Mund gestopft und ich habe schnell im Kopf das große Einmaleins von hinten aufgesagt, weil das so ulkig war.

Bald darauf kamen meine Eltern und setzten sich direkt vor unser Versteck. Auch Haralds Vater ist gleich hinterhergekommen, denn er ist ein Schulrat. Meine Mutter sagte zu Haralds Vater, wie gut es die Kinder zu Hause haben, wo es warm ist. Aber in unserem Versteck war es nicht warm. Es zog aus den Ritzen vom Herrn Direktor wie Hechtsuppe.

Als die Klasse halb voll war, hielt unser Lehrer eine Rede. Zuerst über Politik und dass wir Kinder eine große Zukunft sind. Und die Eltern müssen unseren Augapfel hüten. Wie unser Lehrer mit der Politik fertig war, las er aus dem Klassenbuch Zensuren vor. Bei den guten Noten haben die Eltern ein stolzes Gesicht gemacht, bei den schlechten ein verkniffenes; meine Mutter mal so eins, mal so eins, je nachdem. Haralds Vater hat alles mitgeschrieben und mein Freund flüsterte, dass er das noch einmal zu hören kriegt. Mir reichte es schon das eine Mal.

Zuerst wollte keiner von den Eltern sprechen, bis unser Herr Lehrer einen alten Witz gemacht hat, indem er sagte, dass der Zweite anfangen soll. Es dauerte nicht mehr lange, da ist der Herr Friseurmeister Zwirbel aufgestanden und hat gesagt, dass einer anfangen muss und wie er sich wundert, weil er immer dieselben Gesichter sieht. Und so kann es nicht weitergehen. Er schlenkerte mit den Armen, als wenn er Seifenschaum auf den Fußboden klatscht.

Alle Eltern haben sich jetzt mit gewundert und Haralds Vater hat alles aufgeschrieben. Dann ist eine Mutter aufgestanden und hat gebeten, dass unser Herr Lehrer ihre Brunhilde in eine andere Bank setzen soll, weil sie sich dauernd den Schlüpfer zerreißt. Damit keiner denkt, sie lügt, hat sie den Schlüpfer aus der Tasche geholt und auf des Lehrers Tisch gelegt. Dieser rümpfte jetzt die Nase und sprach, wir wollen nicht über Unterwäsche reden, sondern über den Inhalt. Und er wird vom Hausmeister untersuchen lassen, woher die Risse kommen. Und Haralds Vater hat alles aufgeschrieben.

Auf der anderen Bank saß eine Frau mit vielen blitzenden Ringen und Gehängen. Sie hat eine Tochter, die mächtig angibt und bei uns die faule oder auch dicke Mia heißt. Sie hat eine goldene Armbanduhr und viel Geld und einen Freund, dem sie in der Stun-

Die faule Mia

de Liebesbriefe schreibt. Als wir für die alten Leute an einem kalten Wintertag Kohlen holten, hat Mia am Fenster gesessen, weil sie sich nicht dreckig machen darf. Die Mia ist schon einmal sitzengeblieben und unser negativer Kern.

Jetzt hat Mias Mutter immerfort ihren Mann in die Seite gestuckt und gefragt, wie lange er noch feige ist. Als es ihm zu viel wurde, ist er aufgestanden und hat gesagt, dass er und seine Frau gute Schüler waren. Und wenn Miriana schlechte Noten hat, dann ist das entweder ein Irrtum oder noch schlimmer. Seine Frau hat immer dazwischen gezischt und zu den Leuten drum herum gesagt, dass sie sich nicht aufregen will. Und Haralds Vater hat alles aufgeschrieben.

Unser Herr Lehrer hat jetzt beschrieben, wie er die Tochter Mia kennt und ihre Schwäche, und dass sie sich von niemand helfen lassen will. Auch darf man ein Kind nicht verwöhnen. Zuerst war ein großes Murmeln in der Klasse und die Leute sagten zueinander, wie streng sie zu ihren Kindern sind und dass man sie kurzhalten muss. Sigis Vater ist aufgestanden und schlug vor, ein Ensemble zu studieren. Entweder die faule Mia lernt oder es ist Sense mit dem Taschengeld. Sigis Vater ist Schweinemeister und in dieser Eigenschaft unser Betreuer oder auch Pate genannt.

Wallys Mutter zählte alle ihre Kinder auf. Und sie kosten viel Geld und müssen sich darum immer das Sprüchlein vorsagen, wer den Pfennig nicht ehrt, ist den Groschen nicht wert. Auch habe ich gesehen, wie es bei meinem Vater immer zuckte und wie ihn meine Mutter ermahnte, er soll den Mund nicht so weit aufmachen. Mein Vater sprach dann doch und zwar von seiner Brigade und einem Bummler, der erst ein schwarzes Schaf war und später ein Aktivist wurde. Die Leute haben geklatscht; und meine Mutter hat ganz stolz ausgesehen; und Haralds Vater hat das auch aufgeschrieben und dreimal unterstrichen.

Nachher ist Haralds Vater aufgestanden und hat gleich noch eine lange Rede gehalten und öfter erstens, zweitens und drittens aufgezählt. Jetzt hat unser Herr Klassenlehrer alles mitgeschrieben und gesagt, wie ihm das hilft. Und man muss dankbar sein.

Eine Weile war es ganz still, bis eine Frau sagte, dass in der Klasse ein Schüler namens Ottokar ist, der immer Spinnen auf die Mädchen setzt. Die Frau nannte mich einen Tierquäler und schimpfte, dass man mit einer Spinne ihre Tochter nicht erschrecken darf. Denn sie ist nützlich und frisst Fliegen.

Wie ich das hörte, bin ich vor Wut aus meinem Versteck gesprungen, hab meine Spinne aus der Tasche geholt und der Frau in die Hand gelegt und dabei gesagt, dass ich kein Tierquäler bin.

Als die Frau wieder aufwachte, haben alle Leute meine Spinne in die Hand genommen und mit ihr gespielt. Denn sie ist aus Plaste und hat Beine aus dünnem Spiraldraht, die immer zittern.

Alle mussten mächtig lachen, nur meine Eltern nicht. Mein Vater sagte zu Hause, dass er mir keine Spinne mehr schenkt; und meine Mutter nannte mich eine Schande und ein Subjekt. Ich will mich bessern, weil mir die Mutter leidtut – aber von Grammatik versteht sie nichts.

Wie es zum Stundenausfall kommt

Das Wichtigste in einer Schule ist der Unterricht. Aber es fallen oft viele Stunden aus. Dafür gibt es verschiedene Ursachen. Entweder liegt es an uns Schülern oder es liegt am zarten Körperbau und der Konstitatur unserer Lehrer oder es ist etwas ganz anderes daran schuld, was man auch höhere Gewalt nennt und keiner vorausdenken kann.

Die meisten Stunden fallen durch Lehrerkrankheiten aus und es gibt davon drei Krankheitsgruppen. Die erste Gruppe unserer Lehrerinnen und Lehrer ist niemals oder ganz selten krank, zum Beispiel unser Herr Burschelmann und der Herr Pankraz. Man nennt sie auch die Unerschütterlichen. Herr Burschelmann flüsterte einmal zum Herrn Sportlehrer Stramm, er hat zu Hause eine Flasche Lebenselixier. Dieser Flaschengeist vertreibt alle Krankheiten, den Schnupfen, die Grippe, den Kummer und die Sorgen. Von den Lehrerinnen ist unsere dünne Frau Pitthuhn eine sehr zähe und unser Herr Direktor Keiler sagte einmal zu ihr auf dem Flur, Frau Pitthuhn muss wohl erst den Kopf unterm Arm tragen, bis sie sich krank meldet. Daran kann man erkennen, dass sie sich nicht kleinkriegen lässt.

Dagegen gibt es in der zweiten Gruppe einige Lehrer mit einer sehr zarten Konstitatur. Nehmen wir einmal den Herrn Kurz mit seiner zarten Stimme. Wenn die Ferienzeit heranrückt, dann weiß Herr Kurz schon, von welcher Krankheit er befallen wird. Und er braucht keine Ferienspiele mitzumachen. In diesem Jahr waren es die Nerven. Und der Herr Doktor Brack verordnete, er muss die Schüler meiden, oft in der schönen Natur herumspazieren, Teppiche klopfen, Fenster putzen, einkaufen gehen oder ins Kino und wenn ein Schüler oder ein Lehrer oder ein Pionierleiter des Wegs kommt, muss er ein leidendes Gesicht machen. Diese Krankheit dauert meistens nicht länger als vier Wochen und verschwindet dann von alleine.

Oder nehmen wir aus der zweiten Gruppe unseren Herrn Pionierleiter Alfons. Als der Pioniergeburtstag mit seinen großen Attraktionen heranrückte, schmiss unseren Pilei ein mächtiger Schnupfen um. Gleich fielen die Attraktionen aus und auch die Stunden, die unser Herr Pionierleiter immer vertreten muss, zum Beispiel Mathematik und andere leichte Fächer, die jeder kann.

Es kann aber auch sein, dass ein Lehrer gar nicht krank ist, aber man muss ihn darauf vorbeugen. Dafür gibt es schöne Erholungsheime, die in den Sommerferien von anderen benutzt werden, weil die Lehrer eine Minderheit sind. Die Minderheit darf dafür während der Schulzeit fahren und es ist ein gerechter Ausgleich und für uns ein Stundenausfall oder Unterricht mit Ersatz. Wenn ein Lehrer wegen uns auf diesen Urlaub verzichtet, bekommt er vielleicht niemals mehr wieder einen Ferienplatz, weil er das Gute nicht zu schätzen weiß.

Viele Stunden fallen durch höhere Gewalt aus und das ist die dritte Gruppe. Aber dafür können unsere lieben Lehrer nichts. Einmal musste unser Herr Direktor wieder zwei Eckstunden mit uns sausen lassen, weil er zu einer Sitzung fuhr. Sie lautete: Was sind die Ursachen des Stundenausfalls? Ich weiß das von meinem Freund Harald, dem Schulratskind. Oder es kommt unsere Frau Seidenschnur und spricht: „Morgen, Kinder, könnt ihr zwei Stunden später kommen, denn ich habe Studientag.“ Manchmal fährt an diesem Tag Frau Seidenschnur oder ein anderer Lehrer in die Bezirkshauptstadt, wo alle studierenden Lehrer ein fröhliches Wiedersehen feiern. Man nennt dies auch Konsultationsfeier. So fallen wieder Stunden aus und es ist eine mathematische Ungleichung: Je mehr unsere lieben Lehrer lernen, desto mehr Stunden fallen aus.

Es kann aber auch andere Gründe haben. Einmal war zum Beispiel der Fernsehfunk bei uns und wir mussten einige Stunden üben, bis wir richtig sitzen, stehen oder laufen konnten. Auch mussten wir uns alle waschen und modern anziehen und unser Fräulein Bella Kohl war extra zum Friseur. Eigentlich sollten wir in dieser Stunde Mathematik beim Herrn Burschelmann haben. Aber der Herr vom Fernsehen sagte, der Herr Burschelmann ist nicht so fotogen und er fragte, ob er nur einen Rollkragenpullover besitzt. Wir sagten ja. Auf einmal duftete unser Fräulein Bella Kohl vorbei und der Herr Reschisser lief immer den Gerüchen nach, bis er sie eingefangen hat. Und jetzt musste Fräulein Bella Kohl mit uns so tun, als wenn wir Deutsch hätten. Aber wir konnten den Fernsehfilm nicht sehen, weil er versaut war. Und zwar durch Fräulein Bella Kohl, die andauernd den Kameramann anlachte, oder durch uns, weil wir öfter winkten. So ist wegen nichts der Unterricht ausgefallen.

Unser Herr Direktor seufzt immer, wenn wieder eine junge Lehrerin an unsere Schule kommt, weil er nicht weiß, wann sie durch höhere Gewalt oder ein anderes Unglück ein Kind bekommt, wonach sie für viele Wochen ausscheiden muss. Deshalb spricht unser Herr Direktor, wir brauchen dagegen ein Mittel. Das Beste wird sein, eine Lehrerersatzmannschaft zu bilden wie bei einem Fußballklub. Aber so viel Lehrer gibt es vielleicht nicht. Deshalb soll mein Freund Harald später ein Lehrerreservist werden und ich soll mitmachen. Ich muss mir das noch überlegen und man muss Geduld mit mir haben.

Wo die kleinen Kinder herkommen

Wichtig in der Erziehung ist auch das Geheimnis, wo die Kinder herkommen. Eines Tages war unsere Margit Skrowonneck, welche auch Bummelchen gerufen wird, zu spät in der Schule erschienen. Und sie ist ganz rot im Gesicht gewesen und zitterig. Unser Herr Klassenlehrer hat gleich eine strenge Miene gemacht und gefragt, wer da so spät kommt. Wir riefen alle, es ist das Bummelchen, weil wir dachten, unser Herr Klassenlehrer hat den Namen vergessen. Aber dann hat er sich gleich wieder erinnern können und gesagt, man muss jetzt einmal genau hinhören, warum das Bummelchen nicht pünktlich ist.

Zuerst hat das Bummelchen ein paarmal geschnauft und wie es fertig war, sprach es: „Der Storch hat mir ein Brüderchen gebracht." Eine Weile war es ganz still und dann fingen welche von den Knaben an zu lachen und auch die Mädchen. Unser Herr Klassenlehrer zog eine Stirn wie ein Rolloo und schimpfte, man muss sich freuen über das Brüderchen und was es da zu lachen gibt!

Mein Freund Harald hat sich gleich gemeldet und sprach, dass die kleinen Brüderchen nicht der Storch bringt, sondern sie wachsen ganz alleine und es ist wie bei seinem Dackel. Auch weilen Störche des Winters im Süden. Unser Herr Klassenlehrer hat jetzt ein Gesicht gemacht, wie wenn ihm ein Backenzahn schmerzt, und er antwortete: Man muss das ein andermal untersuchen, wo die kleinen Brüderchen herkommen, und das Bummelchen soll sich setzen.

Da ist unsere Wally aufgestanden, welche fünf Stück solcher Brüderchen hat, und sie weiß ganz genau, wo sie hergekommen sind, und es ist kein Geheimnis. Ihre Mutter war immer ganz krank von dieser Ankunft, wogegen ihr Vater sehr fidel war und andauernd Bier für seine Kollegen holen musste.

Unser Herr Klassenlehrer hat wieder mit den Händen abgewunken und gefragt, ob wir jetzt die Verhältniswörter dran haben oder was?

Der lange Peter nannte: an, auf, hinter, in, neben, über, unter, vor, zwischen. Und dann sagte er, dass er schon einmal gelauscht hat, wie sich seine Mutter mit einer anderen Frau über das Kinderkriegen unterhalten hat. Aber er weiß nicht, was das ist, wenn sich ein Kind senkt.

Unser Herr Klassenlehrer schaute jetzt aufgeregt auf die Uhr und sprach, dass brave Knaben nicht an den Türen lauschen und lieber weglaufen oder hineingehen sollen. Und dann wollte der Herr Klassenlehrer wissen, was die Bärbel andauernd dort hinten flüstert, und sie soll es laut sagen, weil es keine Geheimnisse gibt zwischen uns. Bärbel Silbermann sagte ganz laut, die kleinen Brüderchen wachsen in der Mutti und man kann es sehen, wenn sie größer werden. Einige Kinder riefen, das stimmt, und der Schweine-Sigi fragte, wieso die wachsen können, und unser Herr Klassenlehrer soll bitte einmal sagen, wo sie essen.

Unser Herr Klassenlehrer rief Schluss und wenn wir älter sind, dann wissen wir alles, auch wie die Brüderchen essen und entstehen. Jetzt müssen wir erst einmal üben. Klaus Bieber fängt an und sagt die Verhältniswörter im zweiten Fall. Klaus Bieber hat nicht gleich richtig gehört und nur etwas vom Fall verstanden. Darum sprach er: „Wenn ein Brüderchen wächst, dann muss man sehr aufpassen. Zum Beispiel darf eine Mutter nicht ausrutschen und hinfallen. Das kann leicht passieren auf einer Obstschale oder einem Bonbonpapierchen oder einem Kirschkern. Junge Pioniere schmeißen nichts auf den Fußboden und spucken die Kerne lieber woanders hin." Unser Herr Klassenlehrer ist jetzt richtig fuchtig geworden und rief: „Setzen, du Schlafmütze, und die Sonja Zunder soll weitermachen."

Die Sonja sagte, es muss nicht ein Brüderchen sein, es kann auch ein Schwesterchen sein; und wenn die Mutti viel isst, dann wächst es schneller, und wenn sie weniger isst, dann wächst es langsamer. Auch essen die Muttis meist alles durcheinander, zum Beispiel ein Stück Kuchen mit Mostrich und einer sauren Gurke oder Salzkartoffeln und ein paar Pralinen dazu. Wenn die Mutter schläft, dann klopft das kleine Kind manchmal leise an, und davon werden die Muttis meistens wach.

Unser Herr Klassenlehrer hat auf einmal ganz krank ausgesehen und seine Finger in die Ohren gesteckt. Auch wollte er wissen, wo er ist. In der Mütterberatung oder wo? Wir sagten, unser Herr Klassenlehrer ist in der Schule und mein Freund Harald fügte dazwischen, es gibt auch ein Buch von Herrn Professor Neubert, wo alles drinsteht, wie es kommt. Unser Herr Klassenlehrer erwiderte, dass solche Bücher nicht im Lehrplan stehen; auch ist jetzt die Stunde sowieso gleich um und wir sollen in Gottes Namen fragen. Die mit den Fingern schnipsen und hier schreien, kommen nicht dran, sondern Gerlinde Bunzel.

Gerlinde Bunzel sagte, manche Muttis machen ein Geheimnis um das alles und am meisten spinnt die Oma. Wie meine Mutti einmal vom Krankenhaus kam, hat sie gleich ein neues Schwesterchen mitgebracht, und meine Oma sagte, die kleinen Babys wachsen im Kohlkopf. Aber es war Winter, wo kein Kohl wächst. Mein Freund Harald antwortete, wenn es so wäre, dann könnten sich ja die Muttis beim Gärtner Krause in seinem warmen Gewächshaus ein Kind bestellen. Und mein Freund Harald kann sich gar nicht denken, dass der Gärtner Krause so viel Zeit hat. Und es ist eine falsche Ausrede von der Großmutter, weil sie denkt, man muss sich schämen, wenn jemand ein Kind bekommt. Auch sagte mein Freund, dass es für jedes neugeborene Kind viel Geld gibt, und zwar vom Staat. Deshalb kommen jetzt immer mehr Kinder zur Schule. Unser Herr Klassenlehrer sprach, das ist richtig, wogegen das Märchen vom Kohlkopf ein Aberglaube ist. Und die Eltern müssen einem Kind die Wahrheit sagen, weil es sonst von den Klassenkameraden was anderes hört, und es ist meistens nicht schön.

Plötzlich hat mich der Herr Klassenlehrer entdeckt und gefragt, warum ich mich noch nicht gemeldet habe, und ob ich vielleicht schon alles weiß?

Ich sagte, dass ich fast schon alles weiß, aber noch nicht, wie ein Vater entsteht. Auch gibt es ein Sprichwort, welches heißt, Vater werden ist nicht schwer, Mutter sein dagegen sehr. Wie kommt das? Aber da klingelte es, die Stunde war um und unser Herr Klassenlehrer sagte Gott sei Dank!

Unsere Hebelchen

Eine wichtige Erfahrung zur Hebung der Arbeitswut und Lernfreude sind die Hebel. Man muss das einmal beschreiben.

Manchmal kommt mein Vater mit einem strahlenden Gesicht und einem Fähnchen nach Hause. Meine Mutter sagt dann, du hast ja einen sitzen, und der Vater antwortet meist darauf, dass es einen Grund hat. Dieser besteht aus einem braunen Umschlag. Damit kitzelt er meine Mutter unter der Nase, wozu er spricht: „Hier ist was Schönes, meine Liebe, es sind die ökonomischen Hebelchen!“ Dieser Satz ist wie ein Zauberwort. Denn die Mutter verwandelt danach ihre Unmutsfalten gleich wieder in Gutmutsfalten.

Nach dem Essen kann man dann sehen, wie sich die Elternteile zusammensetzen und in einem Diarium etwas ausrechnen. Dies ist ein günstiger Augenblick für Schüler. Ich suche jetzt schnell meine Hefte zusammen, in welchen sich eine gute Note befindet. Dann lege ich sie dem Vater vor und sage, er soll schnell einmal gucken, was ich für gute Zensuren habe. Der Vater hat jetzt nicht so viel Zeit, weil er mit den Hebelchen und seiner Gattin beschäftigt ist. Deshalb sagt er schnell, wie er sich über die Zensuren freut. Und jetzt kommt es. Er langt in die Tasche, gibt mir eine Mark und spricht, hier hast du auch ein Hebelchen. Daran kann man erkennen, dass von den Hebelchen gute oder schlechte Leistungen abhängen, auch wenn meine Mutter schimpft und erklärt: „Ein Schüler muss auch ohne Geld etwas Gutes leisten.“

Trotzdem sind die Hebelchen schon sehr beliebt geworden, auch gibt es dafür viele Beispiele. Nehmen wir einmal die dicke Mia. Sie lebt ein Leben in Saus und Braus und Torte. Denn sie hat immer Geld und das kommt so: Wenn die Mia zu Hause mit einer Fünf erscheint, dann wird ihre Mutter meist halb ohnmächtig und bepanscht sich mit Odokollonje. Der Vater dagegen brüllt erst einmal. Weil aber das Brüllen bei der Mia nichts hilft, probiert es der Vater mit den Hebelchen. Und er spricht: „Pass auf! Wenn du aus der Fünf das nächste Mal eine Vier machst, dann bekommst du eine Mark. Bringst du eine Drei, dann gibt es zwei Mark. Bei einer Zwei bekommst du fünf Mark und bei einer Eins sogar zehn." Weil die Mia gar nicht so doof ist, wie man denkt, ergattert sie sich so allerhand Geld zusammen. Daran kann man erkennen, dass ein Hebelchen die Mia auf Trab bringt und die Lehrer nennen das sprunghaft.

Oder ein anderes Beispiel. Einmal bekamen wir eine Lehrerin für die junge Frau Schöppel, weil sie einem freudigen Ereignis entgegenschritt. Die neue Lehrerin kannte noch nicht unsere Mucken. Deshalb probierten wir erst einmal aus, wie oft sie in einer Stunde Ruhe schreien muss. Eines Tages war sie schon ganz heiser und da kam sie dahinter, dass man es einmal mit einem Hebelchen versuchen könnte. Sie sprach: „Wer jetzt schön still ist, der bekommt am Schluss der Stunde einen Bonbon." Es war ein Glück für die neue Lehrerin, dass unser Herr Burschelmann dahinter gekommen ist. Er gab uns den Titel „Ehrlose Bande" und versprach, dass wir ihn noch richtig kennenlernen werden. Weil wir unseren Herrn Burschelmann schon ein bisschen kannten, waren wir nicht scharf darauf, ihn richtig kennenzulernen. Auch an diesem Beispiel kann man erkennen, dass die Hebelchen nicht immer aus Geld bestehen müssen. Wogegen Herr Burschelmanns Hebelchen ganz anders ist. Es ist ein großer Hebel und er hilft auch.

Neben den Vergnügungshebelchen gibt es auch Petzhebelchen. Die gebraucht sehr gut unser Herr Luschmil. Als mein Freund Harald einmal in der Stunde mächtig niesen musste, petzte es der Herr Luschmil gleich seinem Vater. Und als der liebe Vater nach Hause kam, sprach er zu seinem Sohn Harald. „Es ist mir zu Ohren gekommen, dass du in der Stunde wie ein Pferd niesest. Und ich möchte nicht noch einmal so etwas hören. Denn ich bin ein Schulrat und der Lehrer muss denken, dass bei uns zu Hause wie im Pferdestall genossen wird." Seitdem niesen wir bei unserem Herrn Luschmil lieber nach innen.

Es gibt noch viele Hebelchen, zum Beispiel Einkaufshebelchen oder Speisehebelchen zum Anspornen von faulen, lügenden und

schlecht essenden Kindern. Oder auch Fernsehhebelchen, womit man den Kindern das Fernsehen erlaubt oder verbietet. Weiter gibt es in manchen Familien noch Muskelhebelchen, die meistens sehr schmerzhaft sind. Bei mir zieht einmal dieses Hebelchen und einmal das andere, je nachdem. Am meisten aber ziehen bei mir die Lob- und Aufmunterungshebelchen. Doch sind sie sehr selten und darum bin ich kein Prämienspurtler, sondern bleibe meistens in deren Windschatten.

Wie man Muskeln und Grieps bekommt

In der Schule, zu Hause und im Dorf ist es wichtig, dass man richtig arbeiten lernt. Aber es ist schwer zu sagen, was richtige Arbeit ist, und das kommt daher: Wenn ich zum Beispiel eine Übung schnell hingekliert habe, dann fragt mich Frau Pitthuhn mit hoher Stimme: „Und das nennst du Arbeit?" Ich sage dann meistens nein, weil ich mir denke, dass man bei richtiger Arbeit auch schwitzen muss. Bei den Schularbeiten hab ich noch nie geschwitzt. Oder ein anderes Beispiel. Wenn mein Vater den Herrn Karl-Ludwig Kleinlein sieht, dann sagt er immer, der Herr Kleinlein kann nur schön schreiben und er hat die Arbeit nicht erfunden. Der Karl-Ludwig Kleinlein ist ein Dichter und manchmal liest er seine Gedichte vor, in welchen er beschreibt, wie schön die Arbeit ist, zum Beispiel auf dem Acker. Aber wir haben noch niemals Herrn Kleinlein bei der Erntehilfe gesehen.

Auch mein Freund Harald sagt, Arbeit ist, wenn man schuftet und Muskeln davon bekommt, und ich soll einmal seine Muskeln anfassen. Ich sage dann meistens, sie sind wie Quark. Deshalb schuften wir ganz gern im Schulgarten, beim Schrottsammeln usw. Jetzt sammeln wir keinen Schrott mehr, weil er doch nicht abgeholt wird. Und die Muskeln werden wieder zu Quark.

Bulle Michael Schunke aus der zehnten Klasse, welcher der stärkste von allen Schülern ist und nur vor unserem Herrn Direktor Schiss hat, will einmal ein Massierer werden und von schweren Männern das Fett abwalken. Wenn er seine Hände zusammen drückt und es ist etwas dazwischen, zum Beispiel eine Walnuss oder ein Mädchen, dann hört man es knacken. Wenn er die Hände wieder auseinander macht, dann sieht man Schwielen. Bulle Schunke sagt, es sind die Medaillen der Arbeit.

Der Herr Direktor lobt Bulle öfter wegen seiner Arbeitswut, woraus zum Beispiel in unserem Schulgarten ein Komposthaufen entstanden ist. Aber als der Herr Direktor und Bulle einmal allein waren, da sprach der Herr Direktor Keiler leise zu ihm, er muss nicht nur mit den Händen arbeiten, sondern auch mit dem Kopf. Wie einmal Bulle Schunke mit dem Kopf gegen das Fußballtor gestolpert ist, bekam er gleich eine große Schwiele. Ich sagte zum Bullen, er macht schon mächtig Fortschritte, weil jetzt auch an seinem Kopf eine Medaille zu sehen ist. Bulle Schunke dankte mir für dieses Lob, indem er mich am Leben ließ. Auch sind meine Beulen schnell verheilt. Es ist schwer zu sagen, wie das in zehn oder zwanzig oder noch mehr Jahren sein wird und ob es dann noch schwere Arbeit gibt. Unser Herr Physiklehrer Schneidbrenner erzählt immer, es wird ganz einfach sein. Man nimmt ein Elektronengehirn und drückt auf verschiedene Knöpfchen. Und gleich kommen die fertigen Bockwürste, Unterhosen, Löffelbagger und anderes aus der Maschine heraus. Der Mist rutscht von allein aus dem Stall und Schweine-Sigis Vater läuft dann nur noch mit weißem Kittel rum wie der Herr Doktor Brack von der Poliklinik. Und man muss nicht mehr mit den Muskeln arbeiten, nur mit dem Grips. Ich kann mir das aber nicht denken und es wird eine schöne Wirtschaft geben, wenn niemand mehr unsere Kohlen bringt oder die Wasserleitung heil macht oder vom Hintersten der Kühe den Dreck abkratzt. Auch habe ich noch nicht gehört, dass man dort ein Elektronengehirn einbauen kann.

Einmal kamen meine Mutter und mein Vater von einer Elternversammlung und sie sprachen immerzu von unserem Herrn Klassenlehrer und einem Herrn Makarenko, welcher wahrscheinlich die Arbeit erfunden hat. Es muss ein guter Bekannter oder Verwandter von unserem Herrn Klassenlehrer sein. Denn meine Mutter sagte immer, wir müssen es dem Herrn Makarenko nachmachen und gleich anfangen. Ich habe die Augen fest zugemacht und gedacht, wer weiß, was die beiden wieder gegen uns Knaben vorhaben, und man muss auf der Hut sein.

Am nächsten Tag ist es passiert. Es war ein Feiertag. Zuerst rief der Vater meine kleine Schwester und mich zusammen und er wedelte mit einer Liste. Auch blickte er ganz streng. Mein Vater sagte, es muss jetzt eine Ordnung ins Haus und in unser Leben kommen

und ein jeder hat seine Pflicht. Dann hat er vorgelesen, wozu sich meine Schwester verpflichten muss, zum Beispiel zum Tisch decken, Blumen gießen, Geschirr abspülen und zu anderen Sachen, welche für mich zu leicht sind. Meine Schwester sagte, ja Papi, und bekam dafür einen Kuss von der Mutter.

Jetzt war ich dran. Mein Vater zeigte auf meine Schuhe und meine Schulmappe, mein Bett und meinen Rumpeltisch und er fragte, ob ich weiß, was Unordnung ist. Ich sagte nein und bekam dafür gleich einen Katzenkopf. Dann las er auch mir eine schwerere Selbstverpflichtung und den Satz vor, wer nicht isst, soll nicht arbeiten oder umgekehrt. Ich dachte, man muss einen Vater nicht in Wut bringen, wenn man für sein Leben gern isst. Darum nahm ich die Selbstverpflichtung an.

Auch mein Freund Harald kam am nächsten Tag ganz schwach zur Schule und er fragte mich, ob ich weiß, wo ein Herr Makarenko wohnt. Ich sagte nein und man muss ihm entweder eine Resolution schreiben oder einen Streich spielen, weil es jetzt vorbei ist mit dem faulen Leben.

Was ein Knabe alles werden kann

Wichtig ist, dass ein Knabe frühzeitig weiß, was aus ihm einmal wird.

Wir Knaben und auch Mädchen denken jetzt öfter daran, wie wir uns entwickeln müssen. Es gibt viele schöne Berufe, dass es für uns Schüler sehr schwer ist, den schönsten herauszufinden. Und man weiß nicht, was für Berufe noch auf uns zukommen.

Zuallererst hat mir Lokomotivführer am besten gefallen. Und ich habe mir schon gedacht, wie es sein wird, wenn ich mit der Lokomotive lossause. Mein Freund Harald steht dann neben mir und muss mir einheizen, wogegen ich manchmal anhalte oder rangschiere. Wenn ich dann an meines Vaters Haus vorbei flitze, lasse ich immer einen Pfiff los, dass meine Mutter vor Schreck etwas fallen lässt und mir freudig winkt. Das Schönste am Lokomotivführer ist sein schwarzes Gesicht und das blitzende Gebiss.

Aber eines schönen Tages ist ein Zirkus mit einem Zauberer gekommen, der mir aus der Nase, aus dem Mund und sogar von hinten ein Markstück nach dem anderen herausholte. Er schmiss es in einen Zylinder, welcher schon ganz schön klimperte. Wie ich kikeriki geschrien habe, hat er mir jedes Mal ein Ei abgenommen, wobei er sprach, ich bin ein Wunderhahn. Mein Freund Harald war ein Wunderbeet und erzeugte fortwährend unterm Hemd oder hinter der Hose mächtige Blumensträuße. Ich sagte zu meinem Freund Harald, das Beste ist, wir werden Zauberer. Aber mein Vater meinte, es gibt keine Stellen mehr für Zauberlehrlinge. Nicht mal in der Statistik.

Wieder einmal, da ist mein Onkel Hubert zu Besuch gekommen und er erzählte meinem Vater viele Jagderlebnisse. Zum Beispiel ging er eines Tages den Waldweg entlang und plötzlich stand vor ihm ein alter bemooster Hirsch, welchen er schon lange suchte. Mein Onkel hatte kein Gewehr bei sich, nur einen alten Rucksack mit einem Strick daran. Aber der Hirsch hatte keine Angst. Mein

Onkel ist nun langsam darauf zugegangen und hat seinen Rucksack vor sich hergeschwenkt wie ein Stierkämpfer. Aber der Hirsch wusste, dass es kein Stierkämpfer ist, sondern nur ein alter Sack, und er hatte keine Angst. Wie er ganz dicht dran war, hat der Hirsch mit dem rechten Auge geblinkert und mit dem linken Ende vom Geweih nach vorne gestoßen. Dabei verhedderte er sich im Henkel vom Rucksack und mein Onkel bekam nur noch ein Ende vom Strick zu fassen, welcher an einer Schnalle festgebunden war. Er zog und zog den Hirsch hinterher, bis er ihn an einem Baum festbinden konnte. Dann lief er schnell nach Hause, holte sein Gewehr und schoss. Das Geweih von meinem Onkel, dem Hirschfänger, ist heute noch zu sehen. Meine Mutter sagte, der Onkel Hubert spricht ein Jägerlatein. Seitdem möchte ich auch lieber ein lateinischer Jäger werden. Aber man lernt das nur noch auf wenigen Schulen.

Mir haben dann noch mehrere Berufe gefallen, zum Beispiel Eisverkäufer, Held der Berge, Löwenfütterer, Partisan, Limonadeneinschenker, Ministerautofahrer oder auch Panzerfahrer, Karussellingangsetzer, Kranführer, Kauboy, Rettungsflieger auf einer Eisscholle, Zettelabreißer im Kino, Inspektor Warnicke oder ein Polizeihundehalter, ein Bonbonier, welcher Bonbons erzeugt, oder der kleine Trompeter. Aber mein Vater sagt zu allem, ich bin ein Kindskopf mit lauter Rosinen drin, was ich mir nicht denken kann.

Unser Herr Klassenlehrer dagegen sagt, wir kriegen im polytechnischen Unterricht schon mit, was es für schöne Berufe gibt. Dabei ist das für mich kein Geheimnis mehr, was man dort mitbekommt. Ich hab zum Beispiel welche aus der 8. Klasse gefragt, was sie im polytechnischen Unterricht lernen und ob man auch einen Roboter oder ein Weltraumschiff oder eine Lernmaschine baut oder eine Kombine fahren lernt. Die großen Knaben sprachen: Es ist nicht wahr. Und das Wichtigste ist das Feilen. Das fängt an in der 5. Klasse, zuerst mit Holz, und das geht immer so weiter. Wenn man in die 8. Klasse kommt, dann geht es erst richtig los mit dem Feilen, damit es niemand mehr verlernt.

Den Feilerberuf hat bisher noch keiner so richtig erkannt, weil noch niemand gefragt hat, wer einmal ein Feiler werden will. In

den Zeitungen stehen immer verschiedene Bitten drin. Zum Beispiel sollen sich melden: Betongmischer, Fischverkäuferinnen, Straßenbauer, Schweinezüchter, Chemiearbeiter, Männer, welche ein lieber Vati sein wollen, und andere Berufe. Aber richtige Feiler wurden überhaupt noch niemals gesucht. Es muss aber ein sehr schöner Beruf sein, weil alle Schüler gar nicht mehr davon loskommen können. Es kann auch sein, dass man den Feilerberuf erst viel später braucht, wenn man zum Mond fliegt oder noch weiter.

Auch gibt es einen anderen Beruf auf dem Lande und man nennt ihn den Buddler. Der Bruder vom langen Schücht, welcher schon studiert, sagte, das heißt nicht Buddler, sondern Baddler. Diese gibt es nur noch in England und in Amerika. Die Baddler müssen bei feinen Leuten immer Tee oder Salz oder Kerzenständer auf den Tisch stellen. Das ist aber nicht wahr. Denn Buddler kommt von Kartoffelbuddeln und ist ein sehr schwerer Beruf. Die Schüler müssen das in jedem Jahr immer wieder üben, bis sie entweder ein Buddler werden oder ein Kombineführer. Kombinefahren lernen sie aber jetzt in den 8. oder 9. oder 10. Klassen noch nicht, vielleicht erst später, in der 17. oder 23. oder 31. Klasse. Bis dahin muss man noch Geduld haben. Und wenn die Kombinefahrer alle gestorben sind, dann sind ja immer noch die Buddler da.

Daran kann man sehen, dass es noch eine Menge Berufe gibt, von denen niemand etwas weiß. Aber mein Freund Harald sagt, es kommt ganz anders. Zum Bespiel gibt es jetzt ein Büchlein mit einer langen Überschrift, wo alles drinsteht, was aus uns Knaben wird. Auch streiten sich die Erwachsenen, ob man noch Feiler oder Buddler braucht. Die einen sagen ja und die anderen sagen nein. Und wir werden schon sehen, wer gewinnt.

Deshalb ist es am besten, wenn man vielleicht einen Beruf lernt, welcher immer gebraucht wird. Zum Beispiel Angler. Auch ich angle für mein Leben gern. Mein Freund Harald meint, man kann auch Lehrer werden, weil es immer Kinder und Geburten geben wird, die lernen müssen oder sonst sitzenbleiben. Das stimmt.

Unsere Schulwanderung

Zu den wichtigsten vier Jahreszeiten gehört auch der Frühling.

Wenn die schöne Frühlingszeit daherkommt und wir Knaben unsere Lederhosen anziehen und die Mädchen dumm kichern, dann sagt eines Tages unser Herr Direktor Keiler, morgen Kinder ist ein Wandertag. Wir fangen dann immer an, freudig zu jauchzen, und der Herr Direktor Keiler macht dazu ein gütiges Gesicht, wogegen unsere Lehrer mächtig zischen und öfter fragen, ob wir uns jetzt in einem Zirkus befinden oder wo.

Wir können dann kaum den anderen Tag erwarten. Mein Freund Harald und ich und wir beide denken uns dann gleich einige Geheimnisse aus und Schweine-Sigi darf auch mit uns kommen, weil er nicht petzt und seine Schinkenstullen gegen Keks tauscht. Sigi sagt, seine Mutter hat genug mächtige Schinken und sein Vater den Schweinestall unter sich nebst einer individuellen Sau, welche öfter ferkelt. Wir bilden dann ein Triumphirat und schwören, niemals auseinanderzugehen. Aber meist sagt unser Herr Klassenlehrer, dass er uns durchschaut, und er wird sein Auge auf uns werfen.

Die Wanderung beginnt immer mit einer Ermahnung von unserem Herrn Klassenlehrer. Er will sich alle gut merken, die Blödsinn treiben und aus der Reihe tanzen. Auch müssen wir Höflichkeit zeigen und unseren Sitzplatz den Erwachsenen anbieten. Dabei schaut mich unser Herr Klassenlehrer meist an und ich schaue auch zu ihm hinauf wie ein zartes Lamm.

Zu unserer Schulwanderung gesellt sich immer eine Klassenmutter oder auch zwei. Diese sind verschieden. Wenn die Klassenmutter eine ordnungsliebende ist, dann zupft sie fortwährend an uns herum, zum Beispiel am Halstuch oder wenn das Hemd hinten raushängt. Neben den Zupfmüttern gibt es noch Zählmütter, die uns fortwährend zählen. Die meisten Mütter machen ein freundliches Gesicht und freuen sich, wenn die Leute auf sie schauen und denken, sie sind Lehrerinnen. Manchmal ist auch eine Mutter dabei, die nur ihr eigenes Kind bewacht. Dieses tut uns leid. Es muss sich dauernd wie ein dressierter Dackel benehmen und auf Kommando die Nase putzen und immer laut danke und bitte sagen, damit unser Lehrer hört, wie gut das Kind dressiert ist.

Wenn wir marschieren, dann latschen wir uns meist auf die Hacken und sagen uns gegenseitig einige Schimpfwörter. Dieses ist die erste Prüfung für unseren Lehrer. Sind viele Leute um uns drum herum, dann besteht die Prüfung aus mehreren grausamen Blicken. Wenn wir in stiller Natur latschen, dann lässt unser Herr Klassenlehrer halten und er erkundigt sich, wer ein altes Kamel ist und ob er jemanden vormerken soll. Auch tauscht er öfter die Kinder aus und nimmt die Lieblinge in seine Obhut. Ich war auch manchmal sein Liebling.

Die zweite Prüfung besteht unser Herr Klassenlehrer, wenn wir ein Stückchen mit der Bahn fahren. Der schönste Platz ist immer am Fenster und darum beginnt ein großes Geschubse. Das dauert aber nicht lange und wir sitzen wie die Engel. Jetzt kommt die Zeit, wo wir unserem Herrn Lehrer eine Freude machen können, indem wir uns beim Herannahen der Erwachsenen von den Plätzen erheben. Und diese Erwachsenen sind auch verschieden.

Einmal kam eine alte Oma und ich sagte bitte, hier ist mein Platz. Sie schenkte mir ein freundliches Lachen und einen Apfel. Dann kam eine vornehme Dame mit viel Schminke und einem drolligen Pudel. Mein Freund Harald sagte auch bitte, und die Pudeldame setzte sich auf seinen Platz und hat meinen Freund Harald überhaupt nicht angesehen, nur ihren Pudel. Ich sagte zu meinem Freund laut: „Danke, mein Junge“ und zu Sigi, ob er nicht weiß, wie man sich benimmt, und er möchte doch dem Herrn Pudel seinen Platz anbieten. Unser Herr Klassenlehrer nahm mich gleich wieder in seine Obhut, weil die vornehme Dame fortwährend fragte, ob die Kinder heute so erzogen werden, und sie möchte nicht meine Mutter sein.

Einmal kam ein besoffener Herr und sang uns laute Lieder vor. Unsere Klassenmutter ist ganz rot geworden und sagte immerzu, wir sollen nicht hinhören. Ein andermal kam ein sowjetischer Soldat

und sagte strastwuitje und prüfte, wie wir Russisch können. Auch setzte er uns seine Mütze auf. Manche Leute steckten uns Bonbons zu und fragten, ob wir einen Ausflug machen. Wir sagten ja.

Meistens machen wir hinterher eine längere Wanderung durch Wald und Flur. Unterwegs lässt uns unser Herr Lehrer öfter raten, was wir für Bäume und Gräser sehen und wie man die Himmelsrichtung bestimmen muss. Auch dürfen wir Spuren lesen. Die tiefste Spur hinterlässt der Traktor, die Wildsau und unser Herr Klassenlehrer, weil er der Schwerste von uns ist.

Wenn wir an einer Stelle mit schönem Ausblick sind, dann heißt es meist rasten. Die Stullen haben wir schon in der Bahn aufgegessen, jetzt kommen die Eier dran. Sind wir Ferkel, dann schmeißen wir die Eierschalen ins Gras. Sind wir naturliebende Pioniere, dann stecken wir die Schalen in unseren Brotbeutel oder in die Kapuze der Mädchen. Haben die Mädchen die Schalen gefunden, dann stecken sie die Schalen wieder heimlich in unsere Hosentaschen. Wenn die Schalen mehrere Taschen und Kapuzen gesehen haben, dann landen sie am Schluss in Wallys Beutel. Wally gibt sie dann zu Hause ihren Hühnern zu fressen, damit sie neue Eier legen. Harald nennt das eine Kalkverwertung und unser Herr Klassenlehrer eine große Enttäuschung.

Manchmal rasten wir auch in einer Gaststätte und trinken ein Glas Limonade oder auch zwei, je nachdem, aus welcher Familie wir kommen. Die dicke Mia kommt aus einer Familie, wo man mit dem Geld nur so rumschmeißt. Die Mia zeigt uns meist einen Zwanzigmarkschein und wir sollen uns ausdenken, was sie sich alles kaufen wird. Zum Beispiel Torte. Wir denken aber, dass ihr die Torte im Halse stecken bleibt. Einmal sagte Mia zu unserem Herrn Klassenlehrer, sie will alles bezahlen, was er getrunken hat. Da ist unser Herr Lehrer furchtbar zornig geworden wie noch nie und er hat der Mia vorgerechnet, wie lange man arbeiten muss, bis zwanzig Mark zusammen sind. Seitdem lieben wir unseren Herrn Klassenlehrer noch mehr. Unterwegs haben wir Knaben Hühnerdreck gesammelt und in Bonbonpapier gewickelt und zur Mia gesagt, sie soll nicht traurig sein und unsere Bonbons mitessen.

Am schönsten ist es, wenn wir eine Fabrik oder eine LPG besichtigen. Einmal waren wir auch in einem Burgmuseum. Wie die anderen weitergegangen sind, prüften mein Freund Harald, Schweine-Sigi und ich die Folterwerkzeuge aus, zum Beispiel die Daumenschrauben. Ich konnte am längsten zählen und habe keinen Mucks von mir gegeben. Nach vier Wochen ist wieder ein neuer Nagel nachgewachsen.

Einmal waren wir in einer Bilderausstellung. Auf einem Bild war eine Frau mit blauer Haut und violettem Haar. Es hieß „Die Sinnende". Ich fragte unseren Herrn Klassenlehrer, wo es blaue Frauen gibt. Er sagte, dass er auch noch keine blaue Frau gesehen hat. Ein anderes Bild hieß „Die Feldbaubrigade". Es waren wieder verschiedene Frauen zu sehen. Sie waren alle sehr dick und in alten Klamotten. Daran kann man erkennen, dass ein Kunstmaler es schwer hat. Entweder ist ihm die Farbe alle geworden und er hat nur noch Blau oder er sieht nur dicke Frauen mit alten Lumpen. Die meisten Bilder waren schön, aber ich weiß nicht mehr welche, weil wir uns beeilen mussten. Denn unser Herr Lehrer wollte noch mit uns zum Zirkus.

So kann man auf einer Schulwanderung viel erleben. Das Schönste an unseren Wanderungen ist, wenn wir uns einmal richtig austoben dürfen, das Gemeine ist, wenn wir darüber einen Aufsatz schreiben müssen.

Unser Tag des Lehrers

Der allerwichtigste Tag für die Lehrer ist der Tag des Lehrers. Er ist ein Tag der Liebe und der Versöhnung und er steht im Kalender. Auf diesen Tag freuen wir Kinder uns mehr als unsere Lehrer, weil wir uns an diesem Tag nicht so anstrengen müssen, wogegen unsere Lehrer am Abend oder am nächsten Morgen meist ganz fertig sind von der vielen Ehre und Liebe. Denn an diesem Tag sagt niemand ein schlechtes Wort zu unseren Lehrern. Jetzt will ich schreiben, warum dieses ein Tag der Liebe und der Versöhnung ist.

An diesem Tag entdecken die meisten Menschen wieder einmal, wie lieb sie alle Lehrer haben. Zum Beispiel Frau Kasubke bei uns nebenan. Frau Kasubke ist eine Blumen- und Klatschfrau und man nennt sie auch unsere Dorfzeitung. Sie hat einen Blumenladen nebst einem missratenen Sohn, der zweimal sitzengeblieben ist und schon einen Bart bekommt. Wenn die Leute zu Frau Kasubke in den Laden kommen, dann schimpft sie meistens auf die Lehrer; sie verkennen alle ihren Sohn. Kommt ihr Sohn mit einer Fünf oder einem Tadel nach Hause, dann sagt Frau Kasubke zu allen Leuten im Laden, wie dumm die Lehrer sind; und sie wird ihnen schon zeigen, was eine Harke ist.

Einmal im Jahr schimpft Frau Kasubke nicht auf die Lehrer, und zwar am Tag des Lehrers. Sie sagt dann zu allen Leuten im Laden, man muss die Lehrer ehren; und dieser Blumentopf kostet nur fünf Mark und es ist viel zu wenig für einen Lehrer. So macht der Tag des Lehrers Frau Kasubke von einer Schimpferin zu einer Liebenden.

Noch ein Beispiel. In unserer Kreiszeitung stehen öfter Artikel über unsere Lehrer und darin ist vieles schlecht. Und dann müssen unsere Lehrer oder der Herr Direktor auch antworten und sagen, wie schlecht sie sind. Zum Beispiel, warum sie am Nachmittag nicht auf dem Acker waren, oder warum sie am 1. Mai feiern wollen, statt am Nachmittag die Kinder zu betreuen, damit die Eltern feiern können,

oder warum sie nicht jeden Tag zu einer Versammlung gehen und ob ein Lehrer etwas Besonderes ist.

Wenn sich unsere Lehrer einige Wochen mächtig angestrengt haben, dann müssen sie antworten, warum sie schon wieder nicht auf dem Acker waren, und ob Arbeit eine Schande ist. Wenn die Lehrer die Schande überwunden haben, dann müssen sie antworten, wer sich um die Pioniere und um den Hort am Nachmittag kümmert; und man muss das einmal ganz deutlich sagen. Auch können die Lehrer ruhig am Sonntag auf den Acker gehen.

Wenn aber der Tag des Lehrers kommt, dann sieht man in der Zeitung schöne Bilder, wo die Lehrer lachen; und es steht geschrieben, wie gut sie sind, und man muss ihnen dankbar sein. So macht der Tag des Lehrers manche Leute zu dankbaren Anhängern. Und es sind meist solche Meckerer, welche 364 Tage lang nicht wissen, wie schwer es ein Lehrer mit uns hat, zum Beispiel mit mir.

Jetzt will ich schreiben, warum der Tag des Lehrers auch ein Tag der Versöhnung ist. Zum Beispiel für uns Kinder. An diesem Tag haben unsere Lehrer ihre schönsten Kleider und Anzüge an und sind guter Laune. Auch Herr Luschmil und Fräulein Bella Kohl. Herr Luschmil macht sogar Witzchen und streichelt manchem Schüler über die Backen, die er sonst nicht leiden kann. Und die Stimme von Fräulein Bella Kohl ist an diesem Tag wie Honig. Auch gibt es keine schlechten Zensuren und Eintragungen, aber viele Blumen für unsere Lehrer. Sie sind entweder gekauft oder aus dem eigenen Garten oder aus anderen. Auch sagen unsere Lehrer dann meist, wie sie duften und leuchten und ob wir sie riechen; und man muss sie gut pflegen, dass sie nicht so schnell verblühen. So sind unsere Lehrer am Tag des Lehrers mächtig aufgekratzt wie Vater und Mutter zu Silvester.

Auch bringen wir Kinder andere Geschenke dar, zum Beispiel selbst gelegte Eier von Wallys Mutter, was aber unser Herr Klassenlehrer nicht weiß, denn der soll denken, die Eier sind von allen Kindern. Oder wir schenken eine Schachtel Seife mit einer selbst gemalten Karte, auf der wir viel Erfolg wünschen. Auch bekommt Herr Burschelmann einige Zigarren, die wir uns vom Vater abgespart haben.

Man muss auch an die Kultur denken und so schenken wir unserem Herrn Klassenlehrer jedes Jahr ein Buch. Wegen dieses Buches gibt es meistens mit den Mädchen Krach. Die Mädchen wollen immer einen Liebesroman schenken, weil unser Herr Klassenlehrer noch ein Junggeselle ist. Wir Knaben wollen unserem Herrn Klassenlehrer lieber einen Kriminalroman schenken, weil er dann besser lernt, wie man Übeltäter findet. Zum Beispiel meinen Freund Harald und mich. Als wir nämlich eines schönen Nachmittags wieder einmal ganz alleine nachsitzen mussten und unser Herr Lehrer im Schulgarten mit einer anderen Klasse buddelte, da fragte mein Freund Harald, was wir jetzt machen. Ich sagte, man muss einmal die Türschilder auswechseln. Das von der Lehrertoilette an das Lehrerzimmer und umgekehrt. Wir machten uns gleich an die Arbeit und es hat lange niemand etwas gemerkt, weil jeder die Türen in der

Schule genau kennt. Deshalb muss man Kriminalromane lesen, um die Übeltäter leichter zu entdecken.

Wir haben uns aber mit den Mädchen geeinigt und ein Buch über Jiu-Jitsu gekauft, das man immer brauchen kann, als Junggeselle und auch, wenn man verheiratet ist. So hat uns der Tag des Lehrers sogar mit den Mädchen versöhnt.

Die schönste Überraschung zum Tag des Lehrers ist unsere Selbstverpflichtung, dass wir immer gut lernen und Disziplin halten wollen. Unsere Lehrer freuen sich darüber sehr und sagen, dass sie es kaum glauben können.

Die gefährliche Waffe

Die wichtigste Waffe unserer lieben Lehrer sind die Noten.

Sie haben eine Zauberkraft. Sagt man zu Hause, heute bekam ich eine Eins, dann schreit die Mutter gleich: „Nein, es ist nicht wahr!“, und sie muss es gleich sehen. Erst dann glaubt sie es. Und es ist eine Stimmung wie bei einem Freudenfest.

Sagt man aber zu Hause, heute hab ich eine Vier bekommen, dann ruft die Mutter, dass sie sich so was schon denken kann, und es ist eine Stimmung wie an dem Tage, wenn Tante Mariechen zu Besuch kommt.

Bei Schweine-Sigi wirkt eine Vier wie im Märchen Knüppel-aus-dem-Sack, bei meinem Freund Harald dagegen ganz anders. Sein Vater hält meistens eine lange Rede und spricht, dass er sich jetzt als Schulrat nicht mehr auf der Straße oder in der Schule blicken lassen darf, weil alle Leute denken, er kann nicht richtig erziehen. Alle Leute denken das nicht, aber unser Herr Lehrer Luschmil ganz bestimmt. Denn er glaubt, das Schulratskind Harald muss sich auch wie ein Schulrat benehmen.

Für unsere lieben Lehrer ist es auch nicht leicht, diese gefährliche Waffe richtig zu gebrauchen. Ich kann mir denken, dass manche Lehrer schon gar nicht mehr richtig schlafen können, weil sie immerzu an diese Waffe denken müssen, und sie hat manchem wilden Knaben oder Mädchen ein Leids getan.

Wenn zum Beispiel unser Herr Kurz eine Arbeit zensiert, sagen wir, von einem Mädchen, dann packt unseren Herrn Kurz wegen des zarten Geschlechts ein Mitleid und schon ist er milder. Oder wenn unser Herr Burschelmann mein Heft entdeckt, dann lacht er gleich grimmig und spricht: Da ist er ja! Und einem scharfen Adlerauge entgeht nichts.

Daran sieht man, wie schwer es ein Lehrer hat und woran er beim Zensieren denken muss. Er hat es viel schwerer als zum Beispiel ein

Kampfrichter. Ein Kampfrichter braucht nur zu messen, wer am schnellsten rennt oder am weitesten schleudert oder am höchsten springt. Dieser bekommt die meisten Punkte und das ist so viel wie eine gute Zensur. In der Schule ist das ganz anders. Wenn ich zum Beispiel am schnellsten mit den Aufgaben fertig bin oder beim Singen am höchsten trällere, dann ist meine Zensur nicht immer gut.

Ein Lehrer hat es auch viel schwerer als zum Beispiel ein Preisrichter. Ein Preisrichter nimmt seine Liste, in welcher alle Preise drinstehen, und geht damit in den Konsum oder zum Bäcker oder zum Fleischer. Wenn die Verkäuferinnen nervös werden, dann bleibt er länger, und mit seiner Liste entdeckt er gleich jeden Schwindel. Ein Lehrer dagegen hat nur für Deutsch-Diktat und Mathematik und für Sport so eine Liste. Er braucht nur die Fehler zusammenzuzählen und gleich weiß er, was für eine Zensur rauskommt.

Aber was nutzt die beste Zensuren-Liste, wenn unsere Lehrer unegal sprechen oder verschiedene Mundarten haben. Wenn zum Beispiel der Herr Burschelmann diktiert, dann spricht er, nehmen wir mal an, folgenden Satz: „Plötzzzlich kaaam aiiinnn bissiegeeer

Hunnnt, habt ihr?“ Herr Burschelmann spricht meist sehr deutlich und man weiß genau, was man anders schreiben muss. Wenn aber Herr Luschmil diktiert, dann geht es viel schneller und klingt so: „Blötzligammeinbisscherhunt“. Und so kommt es, dass manchmal ein Lehrer vor einem großen Rätsel steht und fragt, wieso die eine Klasse wenig und die andere Klasse viele Fehler gemacht hat. Und sie werden manchmal raten müssen bis an ihr Lebensende.

Auch ein Richter auf dem Gericht hat es leichter als unsere Lehrer. Wenn zum Beispiel ein Verbrecher geschnappt wird und er hat, sagen wir, fünfmal geklaut, dann weiß der Herr Richter ganz genau, wie viel man ihm aufbrummen muss. Aber weil der Herr Richter Angst hat, dass er sich irren könnte, fragt er lieber gleich noch einige andere Richter oder auch Schöffen genannt. Und sie suchen dann meistens nach der mildesten Strafe, um dem Verbrecher zu zeigen, dass man es gut meint. Auch darf der Verbrecher am Schluss sagen, ob er damit zufrieden ist. Im Gegensatz dazu stehen unsere Lehrer ganz allein und haben keinen Helfer beim Richten. Auch sagen sie, je strenger, desto besser. Und sie fragen nicht, ob wir mit der Vier oder Fünf zufrieden sind.

Es gibt auch verschiedene Ereignisse, welche unsere Zensuren verschlechtern oder vergüten. Wenn zum Beispiel Frau Seidenschnur in der sechsten Stunde zu uns kommt und sie hat schon tolle Kopfschmerzen, dann ist Frau Seidenschnur mit unseren Leistungen nicht so zufrieden wie in der ersten Morgenstunde, wo man noch frisch ist. Oder: Herr Luschmil hat sich die ganze Nacht in seinem Bett gewälzt und schwer geträumt, sagen wir von mir. Da kann es passieren, dass ihn am nächsten Tag mein Anblick verärgert und schon hat er mich, ausgerechnet dann, wenn ich schlecht vorbereitet bin. Es kann aber auch anders sein. Als zum Beispiel unsere Fußballmannschaft gegen Jugoslawien gewonnen hat, kam Herr Brettl wohlgemut in die Klasse und war ein milder Bio-Richter. Und so könnte man noch mehr Sachen aufzählen. Wenn wir zum Beispiel eine Fünf haben, dann schreibt das der Herr Klassenlehrer sofort dem Vater. Wenn ich eine Eins bekommen habe, schreibt er es nicht. Und so müssen manche Eltern auf diese Freude verzichten.

Auch zensiert man auf dem ersten Halbjahreszeugnis strenger als auf dem zweiten, damit wir uns zusammenreißen.

Unser Herr Direktor Keiler sagt aber, es liegt immer an uns, und wir müssen mal darüber nachdenken. Dazu nennt er verschiedene Sprichwörter. Zum Beispiel: Ohne Fleiß kein Preis. Oder: Was du heute kannst besorgen, das verschiebe nicht auf morgen, zum Beispiel Schularbeiten. Das ist wahr. Denn so entsteht eine Stoßschicht. Mein Vater kennt sie vom Betrieb und er sagt, das kommt von der verfluchten Gammelei.

Das Schlimmste an den Zensuren ist, dass sie nicht ausgelöscht werden dürfen wie eine Gefängnisstrafe. Und man darf als Schüler keine Berufung einlegen wie bei einem Gericht. Deshalb bleibt uns armen Kindern nichts weiter übrig, wie so viel zu lernen, bis unser Herr Direktor Keiler sagen kann: „Es gibt eine Eins." Und das Sprichwort heißt jetzt: Mit Fleiß viel Preis. Und es ist ein positives Sprichwort.

Unsere lieben Hortkanten

Wichtig für das Leben sind auch die Kreuze. Unser Herr Direktor hat zwei Kreuze. Das eine Kreuz braucht er zum Bücken und zum Aufrechtstehen. Das andere ist zwei Häuser weiter und heißt Schulhort. Warum es auch Kreuz heißt, weiß mein Freund Harald ganz genau, und er hat gehört, wie unser Herr Direktor zu Haralds Vater sagte: „Der Hort ist ein rechtes Kreuz." Das zeigt, dass die Erwachsenen unter Kreuz mal das, mal das verstehen.

Seit den letzten Sommerferien gehe ich auch in den Hort. Und ich habe noch kein Kreuz dort gesehen, sondern allerlei anderes. Zum Beispiel eine Küche, in die wir gern hinein wollen, aber nicht dürfen, oder einen Waschraum, in den wir nicht gern hinein wollen, aber müssen.

In der Küche ist eine Kochfrau. Sie heißt Tante Frieda und hat ein mütterliches Gesicht und eine weiße Schürze um, wenn Besuch kommt.

Tante Frieda sagt immer: Wir sollen uns ein Beispiel an ihr nehmen und tüchtig essen. Ich nehme mir aber kein Beispiel an ihr, weil ich dann nicht mehr in die Schulbank passe. Auch ist es in der Küche und im Speiseraum blitzblank und man kann vom Fußboden essen, meint unser Herr Elternbeirat. Wie ich einmal vom Fußboden gegessen habe, kam gleich Tante Gertrud angefegt und sagte, man kann nicht vom Fußboden essen. So kommt es, wenn sich die Erwachsenen nicht einig sind.

Der richtige Name von Tante Gertrud ist Gertrud Zopf. Ich und wir Knaben sagen zumeist nicht Tante, weil wir nicht mehr im Kindergarten sind. Viele Mädchen sagen Tante, weil sie sich anschmusen wollen. Auch verstehe ich unter Tanten richtige Tanten und nicht solche, die nur so tun.

Tante Gertrud ist strenger als eine strenge Lehrerin. Wenn draußen die Sonne scheint und man hört das Gebrüll vom Fuß-

ballplatz, dann fragen wir Knaben uns immer, wie lange wir es noch aushalten müssen in der dicken Luft? Aber Tante Gertrud sagt: „Man muss diszipliniert sein und es gibt einen Plan.“ Wenn auf dem Plan steht: Schraps hat seinen Hut verloren, dann müssen wir Schraps seinen Hut so lange suchen, bis auf dem Plan was anderes steht. Zum Beispiel: Hänschen, piepe mal oder Kettchen fädeln.

Im Hort müssen wir alles gemeinsam machen wie auf ein Kommando. Heißt das Kommando: „Wir spielen Mensch ärgere dich nicht“, dann dürfen wir uns alle zusammen nicht ärgern. Heißt das Kommando: „Alles was Flügel hat, fliegt hoch“, dann gehen wir alle mit den Händen hoch. Wer nicht mitmacht, kriegt eine Eintragung ins Hort-Buch und eine schlechte Note in Betragen. Dieses wandert dann zu unserem Herrn Klassenlehrer und er liest das Hort-Buch mit Runzeln.

Die Kinder, die nicht in den Hort gehen, haben es manchmal besser. Wenn sie angeln gehen wollen, dann gehen sie angeln; wenn ein Zirkus durch den Ort zieht, dann dürfen sie hinterherziehen; wenn sie keine Lust zum Spielen haben und lieber dafür eine spannende Geschichte lesen wollen, dann pfeifen sie aufs Spielen. Und dafür bekommen sie keine Eintragung. Tante Gertrud sagt immerzu: Es ist eine große Auszeichnung, wenn wir zum Hort gehen dürfen, und wir sollen an das Hort-Buch denken.

Einmal, als Tante Gertrud krank war, kam Fräulein Julia Wetzel von der anderen Hortklasse zu uns. Sie ist eine Sportlehrerin mit langen Beinen und einem schönen Mund. Als einige Mädchen Tante Julia sagten, fragte Fräulein Wetzel, ob sie richtig hört und ob sie wie eine Tante aussieht. Wir Knaben sagten, sie sieht nicht wie eine Tante aus.

Fräulein Wetzel stellt sich immer ganz dumm und fragt: „Ach, was wollen wir denn heute machen?“ Jeder zählt dann allerlei schöne Sachen auf. Fräulein Wetzel sagt dann: „Ach, das müsst ihr mir mal zeigen“ oder: „Ach, ich weiß gar nicht, wie man das macht!“ Wenn wir ihr so allerhand beigebracht haben, dann sagt Fräulein Wetzel: „Ach, ich hab jetzt auch eine Idee.“ Und dann bringt sie uns was bei;

und so geht das weiter, mal bestimmen wir was, mal Fräulein Wetzel. Auch hat sie keine Angst vor Sonnenschein und Regen. Mein Freund Harald und ich sind bei Fräulein Wetzel von unseren schweren langweiligen Leiden geheilt worden.

Fräulein Wetzel hat auch im Gegensatz zu Tante Gertrud einen Freund, der ein Student ist. Wenn es draußen leise pfeift, dann geht Fräulein Wetzel ans Fenster und flüstert ein bisschen. Wenn der Freund viel Zeit hat, kommt er auch manchmal herein und rechnet mit uns ulkige Aufgaben, zum Beispiel: Von fünf Brüdern hat jeder eine Schwester, wie viel Kinder sind das zusammen? Und auch schwerere Sachen. Einmal stellten wir auch Tante Gertrud diese Brüderaufgabe. Sie sagte: „Zehn Kinder“ und wir sagten: „Das ist falsch.“ Sie sagte: „Dann rechnet ihr es doch vor!“ Und als wir es gerechnet haben, sagte sie, dass sie nur sehen wollte, ob wir auch richtig denken können. Daran kann man erkennen, wie schwer wir es mit den Erwachsenen manchmal haben. Sie sagen schwarz und denken in Wirklichkeit weiß und wir Kinder müssen herausbekommen, was sie denken.

Einmal im Jahr kommt auch unser Herr Direktor in den Hort und es ist eine große Überraschung. Er lässt sich alles zeigen und macht auch mal ein Spielchen mit, zum Beispiel mit der Dame. Tante Gertrud ist dann ganz zitterig und liest dem Herrn Direktor aus dem Hort-Buch vor. Wenn der Herr Direktor bei uns ist, geht er zuallererst auf seine Lieblingsplätzchen, nämlich in die Toiletten, wo er sich alles genau anschaut, und in den Waschraum. Und er sagt dann sein Lieblingswort: „Sauberkeit ist die halbe Gesundheit.“ Als er mein Handtuch gesehen hatte, brummte er aber, dass es viel zu sauber ist und zu glatt. Und ich soll mir ein Beispiel an den anderen Handtüchern nehmen. Daran kann man sehen, dass manche Erwachsene nicht mehr wissen, was sie vor einer Sekunde gesagt haben.

Mein Freund Aljoscha

Das Wichtigste für die Menschen ist die Freundschaft, zum Beispiel mit der Sowjetunion.

Neben meinem Freund Harald habe ich nämlich noch einen guten Freund. Er heißt Aljoscha und wohnt im fernen Tomsk bei Sibirien. Und das kam so: Eines Tages ist unsere Russischlehrerin, Frau Katharina Pitthuhn, in die Klasse gesprungen und wedelte mit zwei Briefen. Auch machte sie dazu ein spannendes Gesicht mit spitzen Lippen und wollte wissen, was sie für eine Überraschung in der Hand hat. Einige fingen jetzt an zu raten und sagten, vielleicht einen Liebesbrief oder eine Rechnung oder eine Beschwerde von einem Vater oder einen Geldbrief. Ich sprach, es werden Freundschaftsbriefe sein, und man kann es schon an den Briefmarken erkennen. Frau Pitthuhn antwortete, es ist so, und sie kommen aus der Sowjetunion und wer Lust hat, darf sich mit dem Mädchen Tanja oder dem Jungen Aljoscha schreiben. Weil alle Lust hatten und es auch der Frau Pitthuhn zubrüllten, erwiderte sie: So geht es nicht und man muss einen Weg finden.

Die Tanja Schulze rief gleich, es dürfen nur die besten Russisch-Schüler schreiben, weil Tanja die Beste ist. Aber die anderen sagten, das ist ungerecht. Wenn man wie Tanja eine perfekte Russischmutter hat, dann ist es keine Kunst, der Beste zu sein. Auch muss sie zu Hause alles auf Russisch sagen, was in der Schule los war, was alles auf dem Abendbrottisch steht, ob sie Bauchschmerzen hat und wenn sie zur Toilette muss.

Wir anderen haben aber keine so perfekte Russischmutter, deshalb stieg mein Freund Harald auf die Bank und hielt eine Rede, indem er rief: „Die Freundschaft ist eine Herzenssache und man muss dem edelsten Freundschaftsherzen diesen Brief geben." Alle haben geklatscht und ich flüsterte meinem Freund Harald zu, er muss sich jetzt verbeugen. Aber unsere Frau Pitthuhn ließ das nicht zu, son-

dern Zettelchen anfertigen. Auf zweien machte sie ein Kreuzchen, das sind die Gewinner. Ich habe mir so ein Kreuzzettelchen gleich am Kniff gemerkt, weil ich ganz dicht bei Frau Pitthuhn stand. Und so habe ich keine Niete, sondern meinen Freund Aljoscha gewonnen. Bei den Mädchen gewann Wally. Alle ärgerten sich über uns zwei, aber Frau Pitthuhn sagte, die Gewinner müssten jetzt auch am besten Russisch lernen. Da ärgerten sich nicht mehr alle.

Zu Hause setzte ich mich gleich hin und holte mein Russischbuch und malte einige Grußwörter auf das Briefpapier. Wie es mir zu schwer wurde, schrieb ich deutsch: wie ich heiße und in welche Klasse ich gehe und der Aljoscha soll mir gleich schreiben. Auch habe ich diese Briefmarken noch nicht gehabt. Es grüßt Dich Dein Freund Ottokar.

Es dauerte nur vier Wochen, da kam ein Brief. Aljoscha schrieb auf Deutsch: „Guten Tag, Ottokar! Tomsk ist eine schöne Stadt. Es gibt Theater, Kino mehrere, Parke, Sportplatzen und ich gehe in die 5. Klasse. Ich habe Deine russischen Wörter nicht lesen können. Du schreiben immer deutsch, ich will lernen. In deutsche Sprache habe ich immer eine Fünf, darüber ist sehr zufrieden meine Mutter, mein Vater und mein Lehrer. Es leben unsere Freundschaft und der Frieden. Schicke mir bitte schöne Briefmarken. Dein Freund Aljoscha."

Als meine Mutter den Brief gelesen hat, musste sie dauernd mit dem Kopf wackeln und sie sprach, dass sie sich als eine Mutter nicht freuen kann, wenn ich eine Fünf in Russisch bekomme, und sie ist ganz froh über ihren Sohn Ottokar, welcher eine Zwei hat. Und ich soll das dem Aljoscha schreiben. Auch dass es eine Ungerechtigkeit von seinen Lehrern ist, dem Aljoscha eine Fünf zu geben; denn er schreibt ganz gut deutsch.

Ich setzte mich abends gleich wieder hin und schrieb: „Guten Abend, Aljoscha! Unser Ort ist ein großes Dorf. Es gibt ein Kino, sechs Wirtshäuser, eine Turnhalle, einen dreckigen Schulhof, eine Poliklinik, ein Rats- und Spritzenhaus, wo manchmal die Feuerwehrmänner nach der Übung ihre Schläuche raushängen. In Russisch hab ich eine Zwei. Darüber ist meine Mutter ganz froh, wogegen sie bei einer Fünf Krach macht. Auch besitze ich eine deutsche Langohrzippe. In unseren Gärten gibt es viele Zwerge. Es lebe unsere Freundschaft. Und hier eine Fotografie. Es sind zu sehen: Unser Garten, meine Mutter, mein Vater, meine Schwester, die Zippe und Dein Freund Ottokar."

Wieder sind bloß vier Wochen vergangen, da kam ein neuer Brief von Aljoscha. Er schrieb: „Gute Nacht, Ottokar! Deine Korrespondenz war sehr interessant. Du musst mir manches erklären, weil ich will lernen. Warum hast Du eine Zwei in Russisch? Das ist nicht gut. Du musst mir erklären. Warum heißen Deine Schwester Langohrzippe? Es ist eine sehr schöne Schwester und ihre Ohren sind wie bei uns in der Sowjetunion. Du musst weiter erklären. Warum Du schreiben, es gibt Zwerge? Das ist nicht wissenschaftlich. Das ist Unglaube. Auf meinem Foto kann man sehen meine Mutter, Vater,

Zippe Natascha und Hund und ich. Du bleiben gesund. In ewiger Freundschaft Dein Aljoscha."

Ich sagte zu meiner Mutter, es kommt nichts heraus, wenn man schreibt, was eine Mutter spricht. Und so schrieb ich dem Aljoscha gleich nach dem Mittagessen wieder einen Brief: „Mahlzeit, Aljoscha! Wir sind froh über eine Zwei in Russisch, weil vielleicht bei uns alles anders ist als bei Euch. Und man muss das klären. Weiter: Die Langohrzippe nennt man auch ein weibliches Kaninchen. Meine Schwester frisst kein Gras. Und mit den Zwergen ist das so: Sie sind aus Gips. Wer in seinem Garten welche hat, der hat keinen Geschmack, sagt mein Vater. Auch danke ich für die schönen bunten Karten. Was auf den gemalten Fotos steht, will ich übersetzen. Indem ich Dir zurufe Nastarowje, bleibe ich Dein unzerbrechlicher Freund Ottokar."

Nach vier Wochen war schon wieder ein Brief da und mein Freund Aljoscha wollte wissen, warum man zu Mädchen auch Kaninchen sagt, und seine Schwester will auch kein Gras fressen. Auch ist es schlimm, wenn die Leute mit den Zwergen keinen Geschmack mehr haben und nicht mehr schmecken können, ob sie jetzt eine Torte oder einen Fisch essen. Und zum Schluss schrieb er: „Ich Dich schon sehr liebe, mein Freund Ottokar, und ich rufen Dir zu Prost und auf Dein Wohl!"

Als mich unsere Frau Pitthuhn fragte, was mein Briefverkehr macht, da sprach ich: „Es ist eine sehr interessante Korrespondenz. Und wir schreiben sehr wissenschaftlich und es gibt viele Unterschiede. Aber nicht in unserer Freundschaft. Sie ist ewig und kein Unglaube. Auch lernen wir viel voneinander."

Wenn die Studenten kommen

Ein wichtiges Ereignis ist, wenn bei uns die Kartoffelernte anfängt, dann kommen auch die Studenten ins Dorf, damit die Zeitungen etwas über sie schreiben, zum Beispiel ihre Verpflichtung. So schön, wie die Zeitungen schreiben, spricht unser Herr Burschelmann nicht. Er sagt, zieht euch alte Klamotten an, wir müssen morgen Kartoffeln sammeln! Und wehe, wenn mir einer gammelt! Auch unser Herr Genossenschaftsvorsitzender Emil Drescher spricht nicht so vornehm, sondern er ruft dann meistens in die Genossenschaftsküche hinein, die Frauen sollen genug Stullen machen, weil morgen die Schüler und Studenten kommen. Und sie sollen sich nicht beklagen. Unserem Herrn Feldbaubrigadier Oskar Biermann befiehlt er dann, er soll ein schönes Stück Acker aussuchen und alles zurechtlegen. Der Herr Oskar Biermann sucht dann das schlechteste Stück Acker aus, wo keiner im Dorf Lust hat hinzugehen.

Wenn aber die Studenten kommen, macht unser Dorf verschiedenes durch, entweder zum Vorteil oder auch zum Nachteil, je nachdem. Ein Vorteil ist es zum Beispiel, dass die Studenten kräftig und frisch sind, wogegen die Studentinnen gern ihre Zähne und ihre Frisuren oder andere schöne Sachen zeigen, zum Beispiel ihren Körper. Damit locken sie viele Männer vom Dorf auf den Acker. So kommt es, dass an solch einem Tage der Genossenschaftsbauer Gustav Schnepfel zur Frau Genossenschaftsbäuerin sagt: „Liebe Alte, die Arbeit auf dem Acker ist für dich zu schwer, geh lieber in meinen Kuhstall. Wir tauschen jetzt, weil ein Mann doch mehr Kräfte hat." Herr Schnepfel macht dann zu den Studentinnen ein paar Scherzchen und kneift auch mal ein bisschen oder hilft den tragenden Studentinnen beim Entleeren der Körbe oder beim Aufladen von Getreide. Wenn die Studentinnen wieder weggefahren sind, dann haben auch bei Herrn Schnepfel die Kräfte wieder nachgelassen. Und er spricht zu seiner Frau Amanda, sie soll schnell auf den Rübenacker gehen, wogegen

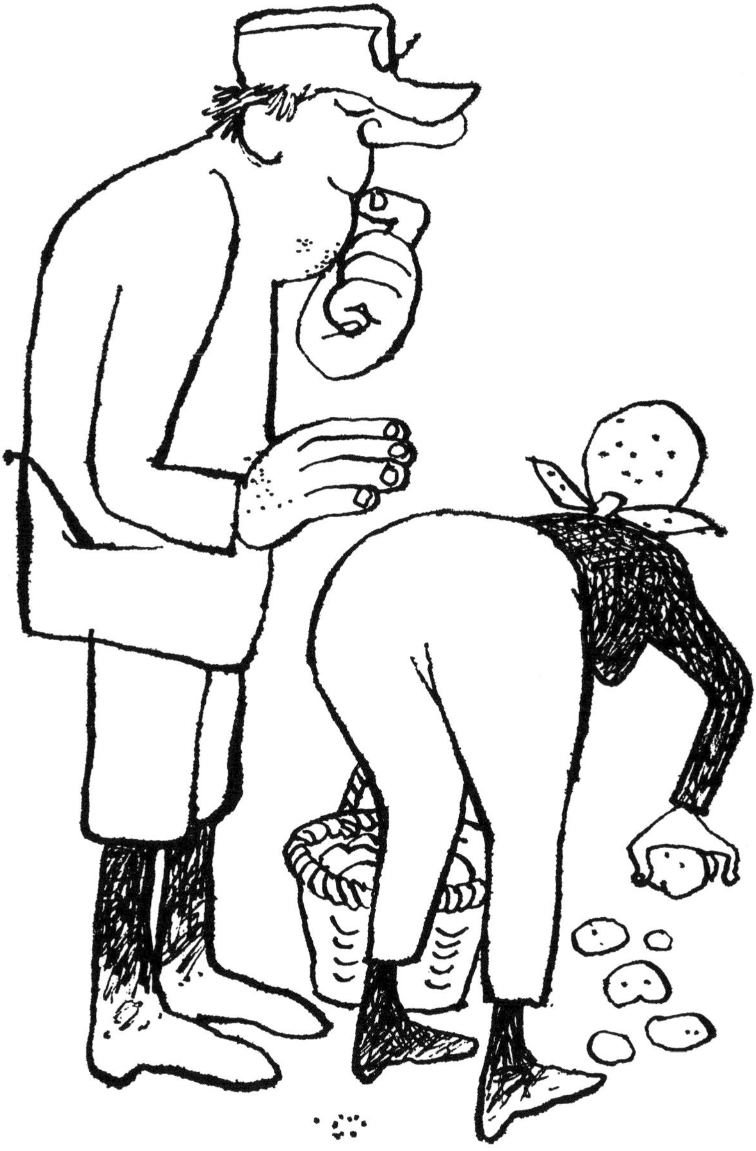

er im Kuhstall besser Bescheid weiß. Auch ist für die Frau die frische Luft besser als der stinkende Stall.

Wenn die Studenten kommen, wird auch das Leben im Dorf munterer. Zum Beispiel vermischen sich die Studenten mit unserer FDJ oder auch umgekehrt. Unser Herr Pionierleiter, welcher zugleich ein Begrüßungsredner ist, spricht dann zu den Studentinnen und Studenten einige Sätze über unser Dorf und wir wollen uns im Jugendheim oder in der FDJ-Versammlung gegenseitig befruchten. Auch nennt man das einen Erfahrungsaustausch zwischen Stadt und Land. Bei diesem Austausch zeigen manchmal die Studenten unseren Mädchen im Dorfgasthaus, wie man in der Stadt tanzt und was man alles mit den Armen und Beinen und mit anderen Körperteilen machen kann. Dagegen können unsere Burschen besser saufen. Und es lagen schon fünf Studenten unter der Theke, da tranken ihre Gegentrinker immer noch eins. Die Gegentrinker waren der Herr Landwirtschaftslehrling Albin Knautschke und der Herr Traktor-Hilfsfahrer Rudi Scheide. Am wichtigsten aber ist die Arbeit der Studenten und es ist von Vorteil, wenn man die richtig auswählt und einteilt.

Sehr schwer hat man es mit den Studenten, welche Ärzte werden wollen. Immer wenn sie einen Stier oder eine zusammengewachsene Kartoffel oder was anderes sehen, machen sie gleich einen lateinischen Witz daraus, welchen nur die Studentinnen verstehen und unser Herr Klassenlehrer. Dieser verbeißt sich das Lachen und ruft uns zu, wir sollen nicht hinhören, sondern lieber arbeiten.

Die Mathematikstudenten sind dagegen fast für alle Arbeiten zu gebrauchen, weil sie wenig schwatzen und immer angestrengt bei der Arbeit nachdenken. Aber man darf sie nicht als Säckezähler oder zu anderen leichten Rechenaufgaben verwenden, weil sie dann meistens falsch rechnen und alles durcheinander bringen.

Fleißige und komische Menschen sind auch die Kunststudenten. Und man muss mit ihnen viel Geduld haben. Sie zücken ihren Bleistift oder auch den Pinsel und sagen plötzlich zur Bäuerin Gertrude Kahlhos, wie es ihr gefällt. Aber sie sagte, sie geht lieber zum Fotografen, weil die Zeichnung keine Ähnlichkeit mit ihr hat.

Die größte Arbeitswut zeigen die Studenten, welche die Wirtschaft studieren. Sie werfen sich gegenseitig keine Kartoffeln, sondern schwierige Wörter zu, wie zum Beispiel, man muss die Arbeitsproduktivität steigern und andere. Es ist nur schade, dass diese Studenten bald schlapp machen, weil sie sich schnell abwirtschaften. Das macht den stärksten Ochsen schlapp. Am gefährlichsten für unsere Genossenschaftsbauern sind aber die Landwirtschaftsstudenten, weil sie manches besser wissen. Und es zieht mit ihnen oft Unfrieden ins Dorf ein. Ich möchte später auch einmal Landwirtschaft studieren. Auch Harald hat schon eine landwirtschaftliche Lehrstelle im Auge, zum Beispiel beim Deutschen Fernsehfunk.

Die lieben Verwandten

Ein Sprichwort lautet, dass wichtige Ereignisse ihren Schatten vorausschmeißen. Diesmal war es der Schatten der Frau Postbotin Kahlmann. Sie brachte einen Brief von Tante Sabine aus Hannover, in dem sie schrieb, dass es soweit ist und sie kommen zu Besuch. Und wir möchten uns keine Umstände machen. Auch kommt der Onkel Bernhard nebst Sohn Jürgen mit. Er ist mein Kusenk und geht auch in die 5. Klasse.

Zuerst gab es allerhand Aufregung, weil meine Mutter immer sagt, die Tante Sabine ist so eigen. Aber mein Vater meinte, er reißt sich wegen der Tante Sabine noch lange kein Bein aus. Dann ermahnte mich meine Mutter, ich möchte mit dem Kusenk Jürgen nicht streiten, sondern lieber nachgeben. Zu meinem Vater sagte die Mutter, er soll nicht so viel trinken und politisieren, denn es zerstört die Harmonie und noch mehr solche Ratschläge.

Dann war es soweit. Als der Zug ankam und die Verwandten ausstiegen, fielen sich meine Mutter und die Tante Sabine schluchzend an die Brust. Sie war ziemlich dünn und mit allerlei Schmuckgegenständen behängt. Mein Vater und der Onkel Bernhard dagegen beklopften sich ein bisschen und sagten, wie gesund sie aussehen. Mein Kusenk Jürgen fragte gleich, ob wir ein Auto haben. Ich sagte nein, dafür haben wir einen Hund. Er heißt Strolchi und kann auf den Hinterbeinen tanzen. Mein Kusenk sagte, das ist kein Kunststück und er kann das auch.

Wie wir unterwegs waren, haben meine Mutter und die Tante Sabine erst einmal aufgezählt, wer alles gestorben ist, wer ein Kind kriegt, wer jetzt heiratet und andere Unglücke. Meiner Schwester rief die Tante andauernd zu, wie sie gewachsen ist, und sie hätte sie gar nicht erkannt. Auch muss sie sich wundern, wie gesund sie aussieht. Meine Mutter hat sich darüber gleich ein bisschen geärgert und sprach, dass die Kinder alles haben, was sie brauchen. Und es

gibt keine Hungersnot. Mein Kusenk hat zuerst nur nach den Autos geschaut und gesagt, dass es in Hannover mehr gibt. Ich sagte, es kann schon sein, und ich habe die Autos noch nicht gezählt. Einmal kam ein schönes Auto vorbei und mein Kusenk meinte, es ist sicher ein amerikanisches und man sieht es gleich. Es war ein Tschaika. Als ich meinen Kusenk fragte, ob er mir einmal erklären kann, wie ein Viertakter funktioniert, da sagte er, dass das noch nicht dran war, und er liest lieber Old Schätterhänd. Und er fragte, ob ich ihn kenne. Ich sagte ja, und er geht bei uns in die zehnte Klasse und ist schon einmal sitzengeblieben. Mein Kusenk guckte jetzt doof und sagte, es kann nicht sein.

Zu Hause hat sich Tante Sabine erst einmal gründlich umgeschaut und alles angefasst und gesagt, dass sie sich alles ganz anders vorgestellt hat, und so langsam kommen wir auch zu was. Meine Mutter biss sich gleich auf die Lippen, damit kein böses Wort rauskommt, während mein Vater schnell zur Tante sagte, dass sie immer dürrer wird und woher das kommt. Jetzt hat die Tante Sabine ihren Mund gehalten, aber nicht lange. Als sie die Koffer auspackte, sagte sie zu jedem Stück, riech mal, das ist unser Parfüm, oder riech mal, das ist unsere Wurst. Und meine Mutter hat gerochen, weil sie es mit der

Tante nicht gleich verderben wollte. Ich bin meiner Mutter gleich beigestanden, indem ich einen Käse aus der Küche holte und zur Tante sagte: „Riech mal, das ist unser Käse."

Der Onkel Bernhard fragte mich, ob ich auch ein Pionier bin. Ich sagte ja, und die Tante schrie gleich dazwischen, dass die Kinder heute keinen Respekt mehr haben, weil sie so politisch sind. Auch verdirbt die Politik den Charakter. Aber Onkel Bernhard sprach, die Tante soll jetzt ihren losen Mund halten und daran denken, was er ihr gesagt hat. Die Tante hielt sich auch gleich den Mund zu, nur nicht beim Essen. Und es war allerhand, was in die dürre Tante hineinging.

Nach dem Essen wollte die Tante wissen, wie mein Zeugnis ist. Meine Mutter seufzte und sprach, dass es besser sein könnte, und es ist nur Faulheit. Die Tante Sabine erzählte jetzt, wie viel Einsen ihr Sohn hat, und meine Mutter meinte, ich soll mir ein Beispiel nehmen. Ich hab mir gedacht, das muss sich ein Pionier nicht gefallen, lassen und fragte den guten Jürgen, ob er in Mathematik auch eine Eins hat. Er sagte, das ist für ihn ein Klacks. Ich holte schnell das Rechenheft aus meiner Schultasche und fragte laut, ob er mir vielleicht bei einer Aufgabe helfen kann. Sie lautet: Vom Quotienten der Zahlen x und y ist das Produkt der Zahlen a und b zu subtrahieren. Stelle den Ansatz auf! Der Kusenk Jürgen stürzte sich gleich freudig auf das Heft. Aber er sagte dann gleich, das kann man nicht rechnen, auch ist hier alles durcheinander. Einmal stehen Buchstaben da und einmal unverständliche Wörter. Ich sagte, das hatten wir schon in der 4. Klasse und es ist puppenleicht. Der Ansatz muss lauten: $x : y - a \cdot b$. Die erste Bedingung beim Lösen wäre, dass x ein Vielfaches von y ist, die zweite, dass der Minuend gleich dem Subtrahenden oder größer als der Subtrahend ist, also:

$x : y \geq a \cdot b$. Jetzt müssen wir den Quotienten und das Produkt zuerst lösen, dann können wir subtrahieren.

Tante Sabine war ganz gelb vor Ärger. Meine Mutter war jetzt stolz auf ihren Sohn und sie rief mir zu, ich soll daran denken, was sie mir gesagt hat, und ich darf die Gäste nicht verärgern. Ich hab meinen Kusenk später noch ein paarmal geprüft in Biologie und

Physik und er ist glattweg sitzengeblieben. Bloß in Religion ist er besser, weil ich davon gar nichts wusste. Dafür sind seine Zensuren auf dem Zeugnis alle besser als meine. Daran kann man erkennen, wie unterschiedlich die Lehrer sind. In Hannover zensieren sie besser als bei uns und man muss das anerkennen.

Auch gab es manchmal Ärger mit der Tante. Einmal sprach sie, wir essen zu viel und darum haben wir noch kein Auto. Aber Onkel Bernhard meinte zu seiner Gattin, sie isst zu wenig und hat trotzdem kein Auto. Ein andermal fragte Tante Sabine meine Mutter, ob es stimmt, dass hier die Frauen auch kollektiviert sind? Meine Mutter sagte ja, weil sie Bauern anstatt Frauen verstanden hat. Jetzt hat sich die Tante Sabine ganz mächtig aufgeregt und wollte wissen, wie das vor sich geht. Meine Mutter sagte, sie werden in Brigaden eingeteilt und dann machen sie alles gemeinsam und es heißt, jedem nach seiner Leistung und jeder nach seinen Fähigkeiten. Die Tante Sabine fragte jetzt, ob die Männer da mitmachen und ob es keinen Streit mit den Frauen gibt. Meine Mutter sagte ja, und es geht ganz gut, auch gibt's manchmal Streit, weil vielleicht mancher Mann denkt, seine Frau ist was Besseres. Aber sie sind alle gleichberechtigt. Und wenn es einer Frau einmal zu viel wird, dann springt eben eine andere ein. Die Tante Sabine war jetzt ganz rot vor Aufregung und wollte immer mehr wissen, aber der Onkel Bernhard sagte, er erzählt jetzt einen Witz und die Frauen sollen zuhören. Aber die Tante Sabine schüttelte andauernd den Kopf und sagte, sie muss sich wirklich wundern, wie das bei uns ist. Und es ist vielleicht gar nicht mal so schlecht. Dabei schaute sie den Onkel Bernhard strafend an und er wusste nicht warum.

Als die Verwandtschaft wieder wegfuhr, sagten sie alle zusammen, wie schade es ist, dass sie schon wieder fahren müssen. Onkel Bernhard sagte, sie kommen wieder, und er weiß jetzt Bescheid. Und Tante Sabine meinte zu meiner Mutter, dass sie sich vorsehen soll in ihrer Frauenbrigade, damit nichts passiert, und sie hätte zu gern einmal erlebt, wie das ist. Auch mussten wir uns wundern, wie gut es auf einmal der Tante Sabine gefallen hat. Deshalb sollte jeder Westverwandte einmal zu uns auf Besuch kommen.

Familie Mattscheibe

Unser Herr Direktor Keiler hat einen Schriebs losgeschickt, in welchem stand, dass man zum Schulabschluss eine große Elternversammlung machen muss. Und die Schüler sollen sie mit allerlei Künsten ausschmücken. Darauf habe ich schon lange gewartet und darum sagte ich zu meinem Freund Harald, wir müssen ein Drama schreiben, und zwar gegen die kranken Eltern, welche einen Fernsehknacks haben. Auch unser Herr Klassenlehrer war gleich hingerissen und meinte, wir sollen schon anfangen. Nach zwei Tagen war unser Drama fertig. Es heißt „Familie Mattscheibe" und geht so:

Der Vorhang geht auf und man sieht eine strickende Mutter, welche die Wally spielt, und zwei Kinder beim Schularbeiten machen. Es sind dies der Schüler Schweine-Sigi und als seine Schwester die Bärbel Patzig. Jetzt geht es mit dem ersten Akt los.

Die Mutter klappert wie verrückt mit den Stricknadeln und schreit: „Bärbellie, mach doch einmal den Fernseher an, wir wollen einen schönen Fernsehabend genüßen!"

Die Bärbel muss jetzt aufspringen und dabei rufen: „Au fein, ich springe schon, liebe Mama!"

Der Schweine-Sigi lässt auch vor Freude einen Jauchzer los und brüllt: „O dufte! Vielleicht kommt ein Krimi! Bumm, bumm, bumm, bumm, räättättättättättättä uah!"

Die Mutter zuckt jetzt zusammen und stopft sich einen Strumpf ins Ohr und ruft jetzt ganz vornehm: „Möchtest du bütte nicht leiser schüßen? Was ist das für ein vorlautes Benehmen, du Schlüngel!"

Jetzt beginnt der zweite Akt und die Familie hängt mit den Augen am Fernseher. Man sieht Boxer kämpfen und man hört es wumsen. Das macht der fette Speckmann, indem er hinterm Vorhang auf einen Turnbock haut. Und dazu spricht die Familienmutter Wally:

„Nein, Kinder, das tut ja weh! Man muss den Boxkampf verbieten!"

Schweine-Sigi boxt jetzt in die Luft und schreit: „Gib ihm, jjja! Jeijeijeijei, so eine Flasche! Wo bleibt die lange Linke? Jjja!“ Jetzt trifft der Sigi seine Schwester gegen die Brust und diese muss schreien: „Auaaaaa! Du Doofer! Liebe Mama, der Sigi hat mich geprügelt!“

Mutter Wally hört jetzt gleich auf zu stricken und sie knallt dem Sigi eine. Auch spricht sie dazu: „Du sollst das nicht. Und es ist nicht richtig, wenn der ältere Bruder die jüngere Schwester haut.“

Jetzt kommt der dritte Akt und der Vater von der Arbeit. Es ist der lange Schücht und er schreit schon an der Tür: „Hohöö! Wo bleiben meine Latschen?“

Die Familie muss jetzt flitzen. Die Tochter holt die Latschen, die Mutter das Essen und der Sohn die Pfeife. Der lange Schücht streckt seine Stelzen aus und fängt an zu schmatzen. Jetzt muss die Mutter fragen: „Lieber Gatte, munden dir meine pikanten Klöße?“

Darauf muss der lange Schücht antworten: „Schweig, du Verführerin! Siehst du nicht den Boxkampf dort im Fernseher? Das war ein Knackaut! Auch sind die Klöße schon kalt.“

Nach diesem Donnerwetter kommt der vierte Akt.

Und die Fernsehsprecherin sagt, dass gleich ein Film läuft. Er heißt „Die sündige Mörderin“. Der Akt mit der Mörderin geht jetzt so weiter: Mutter Wally spricht: „Lübe Kinder! Ich glaube, das ist nichts für euch. Ihr gehet stracks ins Bettchen, marsch, marsch! Denket daran, was der Taddeus Punkt gesagt hat!“

Die Kinder müssen jetzt alle jammern und betteln und der Vater schaut die Mutter sträflich an, indem er antwortet: „Liebe Frau, was ist da schon dabei? Lass sie nur, es sind ja keine Bummis mehr und sie sollen ruhig sehen, wie man nicht sündigen darf."

Die Mutter muss jetzt gehorchen und die Kinder küssen dem Vater die Hand. Und jetzt kommt der fünfte Akt. Dabei muss die Familie Folgendes tun: Alle hängen die Augen ganz weit raus. Manchmal muss die Familie zusammenzucken, nur der Vater nicht, denn er ist ein Vorbild und muss immer heldenhaft hinschauen. Wenn die sündige Mörderin ganz toll sündigt, dann muss die Mutter schnell mit der Hand die Augen der Tochter zuhalten, wogegen der Vater die Zähne zeigt und der Mutter lustig zublinkert.

Beim sechsten Akt kommt wieder ein Sprechakt. Die Mutter Wally spricht zu ihrem Gatten: „Ach, mein Liebster, wie werde ich heute wieder schlecht träumen!"

Vater Schücht dagegen brüllt jetzt zu den Kindern: „Hohöö! Ihr seid ja noch auf? Habt ihr denn schon eure Schularbeiten gemacht, ihr losen Rangen?"

Die Kinder müssen jetzt im Sprechchor flehen: „Nein, lieber Vater, wir mussten doch die sündige Mörderin sehen!"

Jetzt muss der Vater jedem eine runterhauen, aber die Mutter hängt sich ihm an die Brust und ruft: „Vater, Vater, du versündigst dich gegen dein eigen Fleisch und Blut! O Vater!"

Der Vorhang fällt jetzt zusammen und die Leute müssen klatschen; denn das Stück ist zu Ende.

Als wir das Stück unserem Herrn Deutschlehrer zeigten, fragte er uns, ob wir vielleicht eine Mattscheibe haben? Denn es ist kitschig. Und so eine doofe Familie gibt es gar nicht. Auch wäre es besser, wenn wir eine sittsame Familie spielen.

Mein Freund Harald und ich haben uns darüber mächtig geärgert und ein neues Stück geschrieben. Es ist ganz kurz und heißt „Familie Sittlichkeit". Und es spielt sich so ab: Wenn der Vorhang aufgeht, wird gleich im Saal und überall das Licht ausgedreht. Und von der Bühne her hört man nur ein lautes Schnarchen.

Die Papiermenschen

Noch wichtiger im Leben eines Lehrers oder Schülers oder eines gewöhnlichen Menschen ist das Papier. Wenn der Mensch keine richtigen Papierchen hat, dann ist er auch kein richtiger Mensch mehr, sondern ein schwieriger Fall. Fehlt dem Menschen auf dem Papierchen das Allerwichtigste, sagen wir einen Stempel, dann muss sich ein Mensch krummlaufen, und es endet meistens mit wütendem Schimpfen.

So ging es auch meinem Vater, als er eine neue Stellung bekam. Das war so: Zuallererst schaute der Herr Personalleiter in einen Packen Blätter, in welchen drinstand, was mein Vater für einer ist. Nachdem der Herr Leiter lange genug darin gelesen hatte, schenkte er auch meinem Vater einen Blick und sprach, dass er jetzt genug weiß, und er kann gleich mit der Arbeit anfangen. Solche Papierchen nennt man auch Akten. Die Akten sind nicht nur für den Menschen wichtig, sondern auch manchmal für die Katz. Daher stammt vielleicht das Wort Katerakten.

Für die Wichtigkeit des Papieres gibt es auch Beispiele aus der Schule. Einmal sprach unser Herr Pionierleiter: Es ist soweit und wir dürfen einen Pionier zum Kreis melden, welcher mit in ein Ferienlager in die ČSSR fährt. Wir haben uns zwei Stunden lang gegenseitig gelobt oder beschimpft, je nachdem. Aber dann hieß es, es fährt die Wally.

Unser Herr Pionierleiter sagte, wir sollen einen Antrag schreiben. Er lautete: Unsere Wally ist ein guter Pionier. Sie macht alles mit, zum Beispiel Kartoffellesen, Laienspiel, Sport, Dummheiten, Flaschensammeln, erste Hilfe bei gefallenen Mädchen und Knaben und noch allerlei mehr. Auch sagt sie stets die Wahrheit und fürchtet sich nicht. Trotz ihrer fünf kleineren Gebrüder lernt sie ganz gut, nur nicht bei Herrn Luschmil, weil sie sich nicht riechen können. Sonst ist Wally sehr kräftig und hält alle Anstrengungen aus und sie wird nicht schlappmachen. Darum ist Wally für diese Freundschaftsreise geeignet.

Aber schon nach zwei Tagen kam unser Herr Pionierleiter und sprach, das nimmt der Kreis nicht ab, und wir müssen es so schreiben: Wally ist ein bewusster Pionier. Sie zeigt viel Initiative in der Pionierarbeit und eine positive kritische Einstellung. Ihre intensive Lernhaltung ist für alle ein Vorbild. Deshalb befürworten wir ihre Delegierung.

Jetzt hat es der Kreis abgenommen.

Dieses beweist, dass man nicht nur so was dahinschreiben darf, sondern es muss auch im schönen Stil und hochdeutsch sein. Und je mehr man schreibt, desto besser. Einmal ist zum Beispiel mein Vater nach Hause gekommen und sprach jauchzend zu meiner Mutter: „Bald kriegen wir vielleicht eine größere Wohnung; denn der Herr Maier zieht weg." Ich dachte mir, es wird höchste Zeit, dass der Herr Maier wegzieht; denn wir sind ziemlich beschränkt. Aber meine Mutter glaubte es nicht und sagte, der Vater soll nur gleich hingehen zum Herrn Wohnungsverteiler und sie sieht schwarz. So war es auch.

Wie mein Vater zum Herrn Wohnungsverteiler kam und unsere Notdurft schilderte, sprach dieser, er kennt das schon alles. Mein Vater musste sich erst eine dicke Mappe zeigen lassen und raten, wie viel Leute eine Wohnung suchen. Nachdem er das nicht gewusst hat, sollte er raten, wie viel Wohnungen es gibt. Nachdem er auch das nicht gewusst hat, sollte mein Vater verraten, ob er schon ein Schriftstück aufgesetzt hat. Er sagte nein. Auch braucht er kein Schriftstück, sondern eine Wohnung. Aber der Herr Wohnungsverteilungsleiter entgegnete, es muss sein, und ein geschriebenes Gesuch ist besser. Und es muss in diesem Schriftstück stehen, ob mein Vater vielleicht ein Aktivist ist oder einen Orden hat oder eine wichtige Arbeit macht und noch mehr solche Sachen. Auch ist es gut, wenn der Betrieb von meinem Vater schreibt, wie groß seine Notdurft ist, oder es muss eine Gesundheitskommission kommen, welche aufschreibt, dass die Großmutter nebst Wohnung schon alt oder feucht ist oder sie hat den Schwamm. Weil aber mein Vater nicht gern schreibt, bekamen wir

die Wohnung von Herrn Maier nicht. Deshalb soll man ruhig alles aufschreiben und ein bisschen dazudichten.

Aber manchmal kann man auch vom Dazudichten mächtig reinfallen wie mein Onkel Franz. Dieser ist ein Tischler im RAW mit nur sieben Fingern. Einmal sprach er zu seinem Brigadier, er soll dem Onkel Franz den Buckel runterrutschen, weil der Herr Brigadier fortwährend hü und gleich danach hott sagt. Diesen Schimpfsatz von Onkel Franz schrieb der Herr Brigadier gleich ins Brigadebuch und er dichtete noch was dazu, was nicht stimmt, zum Beispiel, der Onkel Franz ist ein Anarchist oder Antichrist oder sowas. Deshalb ist es besser, wenn man Beschimpfungen nicht ausspricht, sondern ins Brigadebuch höflich schreibt: Herr Brigadier, rutschen Sie mir bitte einmal den Buckel runter. Dies wünscht Onkel Franz. Das kann dann jeder nachlesen und niemand darf etwas dazudichten.

Wie mächtig das Papier ist, kann man auch an unseren Zeugnissen sehen. Mein Freund Harald und ich haben bisher noch niemals erlebt, dass jemand am letzten Schultage sprach: Komm her, mein Sohn und lass dich einmal ansehen. Es hieß bloß immer: Komm her und lass dein Zeugnis sehen. Dabei kann man von unseren Antlitzen ganz gut ablesen, ob wir ein gutes oder schlechtes Zeugnis haben. Aber die meisten Leute glauben dem Papierchen mehr.

Unsere liebe Oma

In der Familie spielt die Oma eine wichtige Bedeutung.

Meine Mutter sagt öfter, es ist ein großes Glück, dass wir unsere liebe Oma zu Hause haben, mein Vater spricht manchmal dagegen und meint, es ist kein Glück. Es kommt aber auch vor, dass mein Vater in unserer Oma sein ganzes Glück sieht, und meine Mutter wird dann kränklich im Gesicht und denkt, der Vater liebt sie nicht mehr. In diesen Zeiten hat meine Mutter auch allerhand an unserer Oma auszusetzen, je nachdem, was passiert. Und es passiert eine Menge.

Jetzt will ich erst den Wert meiner lieben Oma beschreiben und warum sie meiner Mutter Freude und meines Vaters ganzes Glück ist. Wenn zum Beispiel meine Mutter an einem kalten Tage von der Arbeit kommt und bibbernd in die Stube tritt, dann schreit sie meistens: „Ach, wie ist es hier schön warm! Oma hat schon geheizt, was für ein Glück, dass wir die Oma haben!“ Und weil ich nichts dazu sage und ich mich lieber draußen herumtreibe, befiehlt mir meine Mutter, ich soll die Oma nicht ärgern und das Alter achten.

Meine Mutter wundert sich am Tage öfter, was für eine gute Oma sie entdeckt hat. Ist zum Beispiel schon das Essen gekocht oder die Wäsche gewaschen oder sonst was Dreckiges erledigt, dann schimpft meine Mutter auf die Oma hinein, weil sie sich nicht schont, und sie soll sich nicht so anstrengen und lieber im Sessel sitzen und fernsehen oder ein Buch lesen. Doch zeigt meine Mutter beim Schimpfen ein lachendes Gesicht. Wenn dagegen ich im Sessel sitze und fernsehe, dann schimpft sie auch, aber diesmal mit Falten.

Mein Vater zeigt seine Freuden über unsere Oma nicht so wie meine Mutter; denn ein Mann darf nicht gerührt sein. Wenn er in die Stube trampelt, dann sagt er bloß: „Schön warm hier.“ Und meine Mutter fügt hinzu, es war die Oma. Wenn mein Vater am Abendbrottisch sitzt und knurrt, dass es ihm schmeckt, dann ist der Knurrer für meine Oma wie ein zartes Liebeswort, und sie rennt gleich mit der Schüssel herbei und füllt dem Vater nach. Wenn meine Oma Vaters Hemden gebügelt hat, dann sagt der Vater gar nichts, und er macht ein Zufriedenheitsgesicht. Wenn dagegen meine Mutter die Hemden bügelt, dann tadelt sie der Vater und spricht, du wirst das nie lernen, und sie soll lieber die Oma ranlassen. Meine Mutter sagt danach immer ganz spitzig, dann hätte der Vater eben unsere Oma heiraten sollen, und sie ist nicht seine Minna. Man nennt dies auch den Kampf der Frau für ihre Gleichberechtigung gegen die Herrschaft des Mannes. Aber ich glaube, mein Vater hätte unsere Oma trotzdem nicht geheiratet; denn der Vater wäre für meine Oma zu jung und zu unerfahren.

Wenn mein Vater mit der Mutter und uns Kindern in die Ferien fährt, dann ist auch mein Vater meistens gerührt und er spricht: „Oma, du bist unser Goldstück, und räum nicht meinen Schreibtisch auf, da liegen meine Briefmarken.“ Von meiner Mutter tropft es in diesem Augenblick meistens, weil sie die Tränen schlecht aufhalten kann. Und dann zählt sie noch einmal 123 Besorgungen auf, die Oma nicht vergessen soll. Und dann drücken sie sich und sagen sich gegenseitig, wie gut sie sind, und es ist wie ein Abschied bei einer Reise in den wilden Dschungel, aus dem man entweder gar nicht mehr herauskommt oder nur noch mit einigen Bissen von Kobras und anderem Schlangengezücht.

Jetzt will ich kurz beschreiben, warum unsere Oma manchmal ein Unglück ist. Dabei sind meistens ich und meine Schwester die Hauptpersonen. Wenn zum Beispiel die Oma einmal zur Kur fährt oder zu ihrer lieben Schwester nach Dortmund auf Besuch, dann bricht in unserem Hause öfter ein sogenannter Familienkrach aus. Das geht so vor sich: Meine Mutter sagt zu mir, ich bin ein liederliches Bürschchen, welches schlecht erzogen ist und alles liegen lässt. Mein Vater erwidert jetzt, ich bin das Produkt unserer lieben Oma, weil die Oma mir alles wegräumt.

Die Gefährlichkeit nimmt zu, wenn jetzt meine Schwester am Tisch sitzt und plärrt, sie will keine Gemüsesuppe essen, und mein Vater nennt sie ein ganz verzogenes Gör. Er gibt in diesem Falle ein Rezept auf und sagt, man muss die Schwester einen halben Tag hun-

gern lassen, bis sie sich alle Finger nach der Gemüsesuppe ableckt. Aber wenn die liebe Oma zu Hause ist, dann wird dem Kind ja alles von hinten reingestopft, Leckerbissen, Torten und Bonbons. Meine Mutter sagt jetzt zum Vater, es ist eine Rohheit, und wir müssen dann auf einen Wink hinausgehen, damit wir nicht hören, wie sich unser Rohling verteidigt.

Einmal sagte meine Schwester, sie geht nicht in den Keller Kartoffeln holen, denn dort sitzt das Kellermännchen. Ein andermal sagte sie ein Gebet auf und alle meine Eltern nebst ich fragten, wo meine Schwester das bloß herhat. Da rief mein Vater wie ein Hellseher: „Von der Oma!“ Meine Mutter sagte, es ist doch nicht so schlimm, und wenn sie größer ist, wird sie schon merken, was wahr ist. Und man muss mit der alten Oma ein Mitleid haben, denn sie hat keine polytechnische Oberschule besucht. Mein Vater dagegen hob den schweren Zeigefinger und sprach: „Es ist unwüssenschaftlich.“ Und das kommt davon, wenn man die Erziehung nur der Oma allein überlässt. Nach diesem Wort mussten wir wieder hinausgehen, weil jetzt meine Mutter verkündete, sie wird jetzt deutlich. Nach solch einer Deutlichkeit ist mein Vater meistens ganz zahm und er fragt uns Kinder, ob wir schon die Schularbeiten gemacht haben.

Mein Freund Harald erzählte mir, dass es in seiner Sippe auch einmal Streit über die Erziehung der Oma gab. Aber nicht lange, weil die Oma den Koffer packte und sprach, sie wird zu ihren anderen Kindern gehen oder ins Altersheim. Danach bekam Haralds Oma gleich eine neue Schürze oder Wolle zum Bestricken und von Haralds Vater das Buch August Bebel „Die Frau und der Sozialismus“. Und alle sind wieder miteinander zufrieden.

Unser Ferienlager

Am allerwichtigsten für den Schüler ist die Ferienzeit. Sie beginnt meistens mit einer Fahrt ins Ferienlager. Es befindet sich in einer Gegend, wo so schnell keiner hinkommt und hineinredet. In den Ferien ist es am schönsten, wenn man vergisst, eine Ansichtskarte zu schreiben. Dann spricht mein Vater zur ängstlichen Mutter, das ist ein gutes Zeichen. Und darum will ich erzählen, was man so im Lager erlebt.

Wie wir hier angekommen sind, haben wir Ferienkinder uns noch nicht richtig gekannt. Mit einem Knaben habe ich mich gleich angefreundet. Er hat den lustigen Namen Bruno Zickel und mächtig viel Sommersprossen im Gesicht und auch dort, wo man gar nicht denkt. Auch hatte er einen richtigen Hirschfänger, welchen er mir gleich schenkte aus treuer Freundschaft. Dafür bekam er meine Mundharmonika E-Dur.

Wie wir es uns im Zelt gemütlich machten, sagte Bruno, ich darf wie alle seine guten Freunde „Sprosse" zu ihm sagen, und wir halten zusammen. Ich sprach, man muss diesen Schwur mit Blut besiegeln, so steht es in allen Freundschaftsromanen. Aber Sprosse meinte, es geht auch mit Marmelade, und sie ergibt keine Blutvergiftung.

Dann haben wir noch den bleichen Wachsmann Helmut. Ihn bestimmten wir in unserem Zelt zum Hautbeschauer, weil er ein junger Sanitäter ist und am schönsten erzählen kann, welche Krankheiten es gibt. Auch kennt er viele Leiden wie zum Beispiel Abzesse, Furunkel, die Krätze oder andere Juckkrankheiten. Sie kommen vom Dreck. Deshalb kontrolliert er alles, auch unsere Füße, den Essnapf und überhaupt die Körperteile. Aber die meisten sind sauber und sehr esslustig. Darum bekommen sie keinen Ausschlag, sondern einen Nachschlag.

Manche machen lange Zähne und meckern in einem fort. Zum Beispiel der fette Heini. Wir fragten ihn, ob er vielleicht denkt, hier fliegen die gebratenen Tauben nur so rum wie im Schlaraffenland, und ob wir extra einen Leibdiener und eine Leibköchin für ihn bestellen sollen? Der fette Heini verlangte jetzt etwas Unanständiges von uns. Aber wir hatten keine Lust, weil uns ekelte. Seit dieser Zeit heißt der fette Heini „Schlaraffe".

An einem Sonntag kamen einige Eltern zu Besuch. Meine sind nicht gekommen, weil mein Vater denkt, ich bin gut aufgehoben. Und das stimmt. Manche von den angekommenen Eltern haben jetzt ein Theater gemacht, als wenn sie ihr Kind bei einer Urwaldexpedition antreffen. Die Mutter von der „Schlaraffe" hat einen Aufschrei ausgestoßen und den Kopf vom fetten Heini an die Brust gedrückt, dass er gar nicht mehr zu sehen war. Dann hat sie ihn leidend angeschaut und immerfort gejammert, wie dünn er ist, und ihn wieder im Busen versteckt. Und dann holte die Frau „Schlaraffe" ein großes Paket aus dem Netz und schob es unter Heinis Decke. Auch uns gab jetzt die gütige Mama jedem einen Keks, damit wir nicht verhungern.

Wie die Mama wieder fort musste, hat sie Heinis Kopf wieder verschwinden lassen und sich immerfort an ihren Augen gewischt. Und der Heinimatz soll jeden Tag schreiben und er muss jetzt nicht mehr hungern. Dabei schielte sie auf den Berg unter Heinis Bettdecke. Nachher hat die „Schlaraffe" immer heimlich im Paket gekramt und geschmatzt.

Auch ein Vater und eine vornehme Mutter sind an diesem Sonntag mit dem Wartburg gekommen. Es waren so richtige Autoeltern. Wie der Herr Vater im Lager war, hat er gleich mit unserem Herrn Lagerleiter geschimpft und immerzu gefragt, ob der Herr Lagerleiter nicht weiß, wer er ist. Aber unser Lagerleiter sagte, er möchte schon glauben, dass er der Herr Vater von der Kornelia ist, und es ist trotzdem nicht richtig, dass die Kornelia jetzt mit den Eltern eine Autofahrt machen muss, weil sonst die anderen Kinder neidisch werden.

Die vornehme Mutter hat Kornelia gefragt, was die anderen Kinder zu ihren schönen Kleidern sagen und ob sie noch was übrig hat von den fünfzig Mark und sie soll gleich noch fünfzig dazu nehmen, weil man nicht weiß, was kommt. Und Tante Veronika lässt grüßen

und der Onkel Thomas, er hat jetzt seinen Wartburg verkauft und einen Wolga, auch geht das Geschäft gut. Und Papa lässt sich das nicht gefallen von dem sturen Lagerleiter und er wird einen Brief an den Staatsrat schreiben. Kornelia hat sich geschämt, weil ihre Mutter andauernd von den reichen Verwandten redete und weil wir drum herum alle grinsten.

Das Lagerleben ist sehr lustig. Auch gibt es jeden Tag eine Attraktion. Einmal bekamen wir einen Forschungsauftrag. Ich musste erforschen, wer auf der alten Heerstraße entlangzog. Es waren nicht viele. Einmal kam ein Traktor vorbei, danach eine Ziege mit einer Frau, die zum Bock sollte, auch ein fluchender Kutscher zog entlang und ein Auto mit der Aufschrift Landfilm. Zuletzt kam ein Radfahrer. Ich fragte, ob hier manchmal ein Heer vorbeizieht. Er sagte, man muss nicht die Erwachsenen verscheißern. Das war alles. Am nächsten Tag sprach zu uns ein Doktor und er erzählte, welche Heere hier früher entlangzogen. Darum war mein Forschungsauftrag ganz umsonst.

Jetzt will ich schnell noch einiges von unseren Gruppenleitern erzählen. Sie sind meistens Studenten. Auch dürfen wir sie beim Vornamen nennen. Bei uns ist Edgar Bunzelmann, welcher ein Genosse und sehr fröhlich ist. Er kennt eine Menge Vorschriften und lustige Spiele und lässt uns niemals nicht allein, im Gegensatz zur Roswitha Böll von der Gruppe sechs. Roswitha Böll sagt öfter zu ihren Pionieren, sie müssen jetzt allein was machen, weil sie schnell zu einer Sitzung muss. Einmal, als sie wieder zu einer Sitzung gemusst hat, trafen wir Roswitha im Wald auf einer kleinen Wiese. Mit dem Gruppenleiter Egon Krull. Wie sie uns gesehen haben, zuckten sie mächtig zusammen, und Roswitha sagte jetzt ganz laut: „Man muss einen Erfahrungsaustausch machen und darüber diskutieren.“ Unser Edgar ist dann zu ihnen hingegangen und hat ganz leise mitdiskutiert. Seit dieser Zeit braucht Roswitha nicht mehr so oft zu den Sitzungen.

Einmal musste ich beim Lagertor Wache stehen und ich war der Kommandeur. Wenn ich als Kommandeur befehle, müssen meine Wachpioniere wachen, und wenn ich wieder befehle, müssen sie ein

Stündchen schlafen oder Tee holen, je nachdem. Wie ich wieder einmal so stehe und wache, da kommt plötzlich ein blitzender Tschaika an. Ich hob meine Kelle und der Wagen musste halten. Hinten saß ein freundlicher Mann, welcher viel stärker war als ich. Ich sagte: „Bitte, Ihren Ausweis, und zu wem wollen Sie?" Er fragte, ob er nicht ohne Ausweis hinein kann. Ich hatte aber keine Angst und sprach streng: „Bitte, nein, das ist gegen die Vorschrift." Jetzt antwortete der Fahrer, es ist ein Herr Staatsrat, und ich soll den Schlagbaum ruhig aufmachen. Ich sprach: „Wenn jeder sagt, er ist ein Staatsrat, da falle ich noch lange nicht um. Können Sie bitte beweisen, dass Sie ein solcher sind?" Der Herr Staatsrat lachte und zeigte seinen Ausweis und beklopfte meinen Buckel. Zu seinem Fahrer sagte er jetzt streng, Ordnung muss sein, sonst gibt es Ärger, und er soll schnell seinen Ausweis zücken. Man muss die Wache respektieren.

So haben wir viele schöne Sachen erlebt. Aber einige Dinge gefallen mir nicht, zum Beispiel: Warum müssen wir uns auch im Lager die Füße waschen? Man muss sie und andere Dinge einmal an die große Glocke hängen, gleich wenn das neue Schuljahr wieder anfängt.

Das letzte Sprichwort

Das Schönste ist, dass alles einmal ein Ende hat, zum Beispiel die Ferien oder auch dieses Büchlein. Auch heißt ein Sprichwort: Ende gut – alles gut.

Aber die Sprichwortdichter, welche dieses Sprichwort erfunden haben, schwänzten entweder die Schule oder sie wussten nicht, dass es überhaupt kein Ende gibt, nicht auf der Erde und nicht im Weltraum und überhaupt. Nehmen wir einmal meine Mutter. Sobald sie mit meiner Erziehung fertig ist, und es zeigen sich bei mir noch keine fruchtbaren Früchte, dann spricht sie manchmal zu meinem Vater den Satz: „Ich bin jetzt am Ende und ich weiß nicht mehr, was ich machen soll." Aber es zeigte sich, dass meine Mutter mit mir noch lange nicht am Ende war, und es passierten danach noch so allerhand Sachen. Darum gibt es kein Ende mit der Erziehung.

Man kann auch an Beispielen beweisen, dass ein Ende nicht immer gut ist. Nehmen wir einmal unseren Herrn Direktor Keiler. Wenn man denkt, jetzt ist seine lange Rede zu Ende, dann ist das meistens ein falscher Irrtum. Und es ist am besten, man steckt sich Streichhölzer in die Augendeckel, damit sie offen bleiben. Wenn die Rede dann aber doch zu Ende ist, dann gibt es immer wieder ein paar Knaben, die jetzt nicht mehr wissen, was der Herr Direktor am Anfang gesprochen hat, und sie müssen diese Unaufmerksamkeit büßen, sagen wir mit einem Tadel oder einer schlechteren Zensur wie bei meinem Freund Harald. Haralds Vater hält danach auch gleich eine lange Rede. Daran kann man erkennen, dass eine Rede immer von anderen fortgesetzt wird und die Reden nehmen kein Ende in der Erziehung.

Oder nehmen wir ein anderes Beispiel. Wenn unser Fräulein Heidenröslein unterrichtet und es klingelt zur Pause, dann rufen wir Schüler meistens oooch, weil die Stunde viel zu schnell vorbei ist. Darum wünschen wir, dass unser Fräulein Heidenröslein nicht so schnell einen Ehegatten findet, weil diese oftmals die Vaterschaft antreten und damit alles verpatzen. Denn wenn das Fräulein Heidenröslein unterrichtet, gibt es ein gutes Ende, wenn es aber nicht mehr kann, ein schlechtes.

Oder nehmen wir unseren Herrn Burschelmann, dem wir ein langes Leben und Hals- und Beinbruch wünschen. Einmal sprach er zu mir und zum Schweine-Sigi, dass es mit uns beiden ein schlechtes Ende nehmen wird, wenn wir uns nicht zusammenreißen, und er wird uns vorknöpfen, bis wir die Bruchrechnungsformeln im Schlaf singen und bei der Hochzeit noch aufsagen können. Daran kann man sehen, dass unser Herr Burschelmann ein hartnäckiger, aber gerechter Lehrer ist, welcher es fertigbringt, uns ein gutes Ende bis zur Hochzeit zu bereiten, und man muss seine Ausdauer nebst Kraft anerkennen. Sie führt zum Siege wie bei der Fußballweltmeisterschaft.

Ganz anders ist es dagegen bei unserem Herrn Luschmil. Als ich einmal mein Lineal vergaß, musste ich 200-mal den Satz schreiben, man soll sein Lineal nicht vergessen, und Herr Luschmil meinte dazu, ich werde jetzt bis an das Lebensende daran denken. Trotzdem denke ich nicht an sein Lebensende und ich wünsche auch dem Herrn Luschmil, dass er wie mein lieber Großvater wird. Er ist 76 Jahre und immer noch ein rüstiger Rentner und Nachtwächter im Klubhaus der Eisenbahner.

Es ist aber vielleicht nicht richtig, wenn man immer nur an das Ende denkt, man muss auch einmal an den Anfang denken, zum Beispiel an den Schulanfang und wie wir Pioniere uns im neuen Schuljahr bessern und steigern. Auch nennt man das einen guten Vorsatz. Darum muss es nicht nur heißen: Ende gut – alles gut, sondern so: Der Anfang ist gut, danach wird es immer besser und besser und am Ende sind wir die beste Klasse der ganzen Schule! Dass dieses Sprichwort in Erfüllung geht, hofft

Euer Ottokar

Glossar

Arzneiball: Medizinball
Bezirkshauptstadt: Hauptstadt der DDR-Verwaltungseinheit Bezirk
Brigade: Gruppe von Arbeitern in Betrieben der DDR
ČSSR: Abkürzung für Tschechoslowakische Sozialistische Republik, die offiziell von Juli 1960 bis 1990 benutzt wurde
Elternaktiv: Arbeitsgruppe aus Eltern und Schülern einer Schulklasse, die sich mit Schul- und Erziehungsfragen beschäftigt
FDJ: Freie Deutsche Jungend ist ein sozialistischer Jugendverband
Jawa: tschechisches Motorrad
Jugoslawien: Hier verwendet für die Sozialistische Föderative Republik Jugoslawien (1945–1991) Nachfolgestaaten sind Slowenien, Kroatien, Bosnien-Herzegowina,Serbien, Montenegro und Mazedonien
Kampfgruppe: militärische Organisation von Beschäftigten in Betrieben der DDR
LPG: Landwirtschaftliche Produktionsgenossenschaft – Zusammenschluss von Bäuerinnen und Bauern durch gemeinschaftliche landwirtschaftliche Produktion in der DDR
Makarenko: sowjetischer Pädagoge und Schriftsteller
Mark: Zahlungsmittel in der DDR
Pilei: Abkürzung für Pionierleiter
Pioniere: Mitglieder der Schulkinder-Organisation in der DDR
Pionierhalstuch: gehörte in der DDR zur Pionierkleidung
Pionierleiter: Leiter einer Gruppe von Pionieren in der DDR
Polytechnischer Unterricht: Klassen 1–6: Werk- und Schulgartenunterricht Klassen 7–10: Teilnahme an der DDR-Produktion
Produktionstag: Besuch der Schüler eines Betriebes und Einbindung in den Arbeitsprozess
SED: Sozialistische Einheitspartei Deutschlands – Staatspartei in der DDR
Sowjetunion (UdSSR): Kurzbezeichnung für die Union der Sozialistischen Sowjetrepubliken, die im Dezember 1922 gegründet wurde und bis 1991 existierte
Sozialismus: Gegenmodell zum Kapitalismus – Veränderung bestehender gesellschaftlicher Verhältnisse in soziale Gleichheit und Gerechtigkeit
Staatsrat: das Staatsoberhaupt in der DDR
Taddeus Punkt: u. a. Schnellzeichner – Figur des DDR-Kinderfernsehens
Tag der Republik: Staatsfeiertag der DDR
Tag des Lehrers: offizielle Würdigung der Leistungen der Pädagogen
Trabant: Kleinwagen in der DDR
Trommel: Zeitschrift für Pioniere
Tschaika: sowjetische Luxuslimousine
Volksmarine: Seestreitkräfte der DDR
Wandzeitung: Pinnwand in der Schule
Wartburg: Personenkraftwagen in der DDR
Wolga: sowjetische Automarke

Inhalt

Direktor Keiler
Unser Klassenlehrer
Schramm
Seidenschnur
Bella Kohl